灰色的岩岸游泳者

GRAY
ROCKY
SHORE
SWIMMER

叶迟 著

江苏凤凰文艺出版社
JIANGSU PHOENIX LITERATURE AND ART PUBLISHING

图书在版编目（CIP）数据

灰色的岩岸游泳者 / 叶迟著. —南京：江苏凤凰文艺出版社，2021.11
ISBN 978-7-5594-6177-3

Ⅰ. ①灰… Ⅱ. ①叶… Ⅲ. ①中篇小说—小说集—中国—当代②短篇小说—小说集—中国—当代 Ⅳ. ①I247.7

中国版本图书馆 CIP 数据核字(2021)第 149695 号

灰色的岩岸游泳者

叶迟 著

出 版 人 张在健
责任编辑 曹 波
责任印制 刘 巍
出版发行 江苏凤凰文艺出版社
南京市中央路 165 号，邮编：210009
网 址 http://www.jswenyi.com
印 刷 苏州市越洋印刷有限公司
开 本 880 毫米×1230 毫米 1/32
印 张 7.625
字 数 146 千字
版 次 2021 年 11 月第 1 版
印 次 2021 年 11 月第 1 次印刷
书 号 ISBN 978-7-5594-6177-3
定 价 68.00 元

目　录

青色蝉

我七岁之前身体健康，过了七岁那年生日，心脏会时不时地痛一下。当时年纪小，不在意，以为跑得累了，又或许是吃的东西不干净。总之难受的时候就找个地方蹲下，过一会儿又能追着同学满操场跑了。

同桌扎蝴蝶结的女孩奚某某，每次看到我痛得捂着肚子蹲在地上，会很狡猾地问我要不要报告老师，我总像做错事一样求她别跟老师说，并且答应之后给她买好吃的。女孩因为我的允诺而感到沾沾自喜，她的喜悦伴随着我身体的疼痛，显得格外突兀。

起初这种痛，一年会发生一两次。刚开始痛的时候会很沮丧，发展到后来，半年中会发生个几次，最后也见怪不怪了，甚至会在痛的时候看着地上的蚂蚁而分神。

十岁那年开学后，有一次，在家吃晚饭的时候心脏突然剧烈地痛了起来，感觉就要昏死过去一样，我强忍着痛蜷在饭桌前的椅子上，不让母亲看出我的痛苦。母亲看我捂着肚子，问我是肚子痛吗？我觉得我该把这种疼痛藏起来，就像藏好一份不及格的考卷一样。

我变得慌乱起来，撒谎说是肚子好像有点痛。于是母亲转身走出厨房给我去客厅倒热水。我痛得身子颤抖了起来，头磕在桌子上，桌子上自己最喜欢吃的菜，在眼里变成了敌人。也就是这一次，我强烈地感受到疼痛、忍受和撒谎的滋味，身体里翻涌着一种不知如何说起的痛楚，这种痛楚正在寻找路途一跃而出。

小学的自然课程里有学到蝉是怎么脱壳的，发育成熟的蝉从泥土中爬出地面，嫩黄，娇小。等到正午时，阳光强烈，幼蝉趴在灌木上，颜色逐渐变黑，等待全黑后展翅飞走。当它背上出现一条黑色的裂缝时，就意味着蜕皮的开始。它抓紧树皮，在一个小时内完成蜕皮羽化。当讲堂上五十多岁的老教师讲到“不完全变态”这个词语的时候，整个班级哄堂大笑，似乎这个词才是最能让人感到兴奋有趣的事情。

那么它这么痛，是为了什么？这是我当时在想的。

父母给我取名曹和平。我父母都是不爱看电影的人，但是他们年轻时在这家和平电影院外碰到，一见钟情，很顺利地，没有任何风波地结合在一起，与他们今后的生活一样，没有多少痛苦，也没有多少快乐。

所以我对这家电影院有着格外的亲近感。这个叫和平影院的电影院对当时的我来说是一座巨大建筑，在记忆里，到处洒满了阳光，两边种着仿佛延伸到云里的梧桐，还有不知名的鲜艳的花，气候永远都是湿热的。坐在长椅上的年轻情侣，互相害羞地拉着对方的手，突然被身旁小孩尖叫打闹的声音吓一跳。尖锐的鸟叫声，在树顶上响起，压低了小孩的声音。继续往前走，穿过红色砖头堆砌的矮墙，推着冷柜车的老人，让人莫名地喜欢。老人经常穿着白色的破T恤，配一条褐色麻布的裤子，上衣的字已经被洗得看不清了。让我惊讶的是，老人每次看见我都会问我，要不要来一根冰棍，我摇摇头，继续往前走。经过一个小花坛，来到一个铁栅栏前，栅栏后就是有着“和平影院”四个大字的巨大建筑。它太大了，你突然发现它的时候，已经站在电影院的门口了。电影院左边墙上的玻璃橱柜里，放着一幅幅电影海报，我饶有兴致地看着，这就是我来电影院的目的之一。很多电影海报就算放的时间太长，我也会不厌其烦地每次都重新看上一遍，我最喜欢看的是《侏罗纪公园》，恐龙锋利的牙齿让我想起我的心脏之痛。

对当时的我来说，能看上一场电影，那就和做上一场美梦一样让人开心。但是一张电影票要十块钱，还是太昂贵了。所以我经常提前挑选自己感兴趣的电影，记住开场和结束的时间，然后坐在电影院门对面小卖部的台阶上。听着电影院里头的声音，碰到外语片的时候，听不懂英文的我只能在电影结束的时候，睁大眼睛仔细地看着每个走出电影院的人。根据他们的脸部表情，来判断这部电影结局是让人开心还是让人难过。

这一个周末，南方地区进入了梅雨季，早上就开始的大雨，一直到下午还在持续地下着。我一个人从小卖部的台阶移到了电影院里的等候室，我坐在等候室的座位上，我喜欢这里的椅子，椅子很高，我坐上去双脚是悬空着的，不由自主地晃起来，这让我感觉很快乐。但是我又羞于表露出这种情绪，这让我觉得自己很幼稚。来到等候室的时候，电影刚开始不久，声音中掺杂着房屋倒塌的声音以及女人的尖叫声。似乎是一部让人兴奋的电影。我坐下没几分钟，一个穿着嫩草色连衣裙的年轻女人急急忙忙地从放映室里走了出来，左手手腕戴着一块时髦而名贵的钻石腕表，右手拿着一把黄色小伞，女人神情沮丧，一只手用力扯着裙子，似乎要把裙子扯下来一样，就像蝉蜕皮时挣扎一样。

哦，她是疼痛吗？与我一样。

我眼神带着同情盯着女人看了一会儿，女人似乎并没有注意到坐在椅子上的我。门外还下着大雨，女人在我身边的椅子上坐了下来。这女人后脑的辫子上绑着和衣服颜色一样的发卡，视线再往下移一些才发现女人脸上还挂着眼泪。

每次同桌被我惹恼了，只要一哭，我就会被叫到办公室挨训。所以我深知眼泪都会带来不好的事情。

我乖乖地坐在边上一声不吭。

空气潮湿闷热，等待室里没有开灯，昏暗的大厅里就坐了我一个人，大雨倾盆而下，夹杂着影院内的男女主角对话的声音。门口的牌子上用红色大字写着："禁止大声喧哗、禁止抽烟、禁止乱扔垃圾。"我有点尴尬，十多年的人生阅历并没有告诉我接下来应该做什么。我鼓足勇气问她，姐姐，你哪里痛吗？

片刻沉静之后，女人说，我心里从来感受不到疼痛。

然后她说了许多话，我不知道她是在对我说，还是在自言自语。

不过我倒也无所谓。

女人说，父母恩爱，从小就住在一栋被遗留下来的外国大使馆中，自己想要的一切父母都会给她买来。她总是第一时间托父亲朋友在国外购买当时最流行的音乐磁带，去影院看电影。平时没事也写毛笔字，或者在纸上随便涂画几笔，总之就是喜欢一切时髦的事物。

后来到了恋爱的年龄，父母给她介绍了朋友的孩子，家境和她家一样，为人稳重也有教养，国外名牌大学毕业，长得也好看，简直就是一个完美的男人。这是她的初恋，人家都说他们是金童玉女，天造地设的一对。女人感到满足之余，总觉得缺了什么，因为她看到父母的恩爱就像戴着假面具一样，没有真切的血肉之感，她怕自己的将来和父母一样。

直到有一天，女人和这个男友来到和平电影院看电影，看到有一对情侣似乎因为一些小事争吵了起来，吵到后来在座位上扭打在一起，男人扬长而去，他的女人紧跟着走了出去。

女人说，她好奇地跟了出去，看见刚吵完架的这一对，拥抱在一起，互相说着道歉的话，两个人都流着眼泪。她当时激动得微微颤抖起来，这是一种什么感觉，这才是真正恋爱的感觉吧，就像是暴雨过后的空气一样，污浊被冲得干干净净，空气中弥漫着沁人心脾的味道，这种因争吵而产生的痛楚，真是让人痴迷。

女人开始跟男人抱怨一些不开心的琐事，没有缘由地把怒气撒到男人身上。她希望男人因为自己的无理取闹而跟她吵架。但是男人每次都能很耐心地哄她开心，无论对错都会给女人赔礼道歉。

这样的日子过了没多久，男人就离开她了。

男人离开她以后，她心里好像产生了一些痛苦的感觉。她后悔、忏悔，然后去道歉，希望重新开始，但是一切都晚了，男人对她说，你要的我没法给你。

是的，她要的是那种痛楚，在人生的边缘上的挣扎和感悟。

女人叹了一口气，对我说，她后来又恋爱过几次，因为她的心不在焉，男人都离开了她。

倒是这个电影院，因为效益不好，增加了许多情侣座位，情侣们因为小事而争吵，不在少数。所以她后来经常独自来看电影了。看看有没有情侣吵架。每当看到情侣拌嘴、吵闹再和好，她的心也随之激荡不已，眼泪跟着一起情不自禁地流下来，她多希望跟那个男人吵架的是她而不是别的女人。

时间长了以后，当痛苦的看客，已经不能让她感到激动了，但她仍旧找不到自己的痛苦。

她还是去电影院。

刚才，她看到一对情侣在电影院里吵了起来，男人不停地向自己的女朋友解释。女人坐在后排，听着听着，突然笑了起来，她被自己的笑声吓坏了，蹭地在黑暗中站了起来。

突然出现在眼前的光线，让女人恍惚了一下，这大雨一时半会儿看来也停不了，梧桐树下密密麻麻铺满了被雨水打落的叶子，唯独有几只蝉壳还牢牢地抓在树上。

女人盯着蝉壳，心想，世上所有的东西，就连蝉，都能经历疼痛。我要是能脱壳，我就能痛了。

女人就这么笔直地站在放映室的门口，像一棵树一样，内心平淡得出奇。她突然意识到一个问题，自己可能再也感受不到疼痛了，有点懊恼，眼泪一下子从眼睛里倾泻而出，砸落在地上，溅出一片叶子的形状。

椅子上这个皮肤黑黑的小孩，似乎认识自己。这个男孩小眼睛炯炯有神。于是女人坐了下来。

听声音，电影已经快到尾声，女人的语速也越来越快，越来越轻，到后来已经察觉不到女人的任何情感，只是一个不停地絮絮叨叨的女人，生怕说不完自己的故事。

女人拍着自己的胸说，这里，是心，我听人家说，爱得深了就会痛，有多少爱就会有多少痛。痛，会让人生活特别精彩，我从来没有过这种痛。

我看着女人心脏的位置愣了神。

她跟我说的事情我并不都明白，因为打扰了我的美好时光，我感到有一丝不愉快。但是当她拍着心脏的位置的时候，我一下屏住了呼吸，雨声、电影声、女人的说话声，仿佛都听不见了。

我摸着心脏的位置对她大声说，我这里会经常痛。

散场出来的某个观众，他听见了我的话，笑着说，心脏痛得厉害，会死人的。

我一下子跟听到了噩耗一样。暴雨的声音刹那间从头顶压了下来，把我的思绪一下子淹没了。

观众陆续走了出来。

女人整理了一下裙摆，说道，我要去寻找痛了。

女人说完便站了起来，放在身旁的雨伞也没拿，就径直走向大雨中，密密麻麻的雨水瞬间就把人影给淹没了。这时我才发现，黄色的雨伞上本来画着一只嫩绿色的蝉，这时候已经不见了，只留下一只蝉的大致轮廓，我大惊。

我回想雨伞上绿色的蝉，它当时安安静静，一动不动的，带着一点透明，雨珠挂在伞面上，让这只蝉看上去晶莹剔透。现在它就像西边落下的太阳一样，只留下一抹晚霞。

回过神，发现不知不觉中天已经黑了，雨也停了，电影院里的人已经走光了，身边的女子早就不见了踪影。

服务员已经开始在走廊里扫瓜子壳，我走出电影院的大门，恍恍惚惚，心里总是担心自己突然有一天就痛得死过去，想着想着，难过得哭了起来。

女人丢在影院里头的伞被我给拿走了。我总想着哪一天能再次见到她，问问她最终寻到疼痛没有。

我一直以为，身体的疼痛就和蝉脱壳一样，是一道漫长而又隐忍的过程，而且随着脱壳、羽化，以往的痛苦也都不再有了。

在接下去的几年中，我的身体开始快速发育，仿佛要急切地抛弃掉什么一样，心脏的疼痛，几乎也很少再碰到。偶尔遇到，我都会想起那个夏天，女人在椅子上拍着自己的胸，面色淡然地跟我说着，我去找痛了。还有那个不知名字的人说的，痛得厉害了，是会死人的。这两句话，让我有了矛盾的想法。我发现我无法区分开这种矛盾的两极。我强压着疼痛，生怕自己就那么死了，但我又喜欢这种疼痛，因为我从那个女人那里知道了一件事，疼痛是有意义的。

随着母亲对我饮食上的调控，以及年龄上的增长，这种疼痛也就渐渐变得微不足道了。有一次，高中二年级暑假吧，和同学在郊外一个水库里游泳，那天晴空万里，大伙在靠近岸边的区域聊天游泳，水库的水面就像被打乱的万花镜，把一切的凌乱都倒映在其中，嬉闹声中夹杂着蝉鸣，我游得欢畅，独自朝着水库中心游了过去，露在水面外的皮肤被阳光晒得有一种微微焦灼的感觉，而深水下的皮肤却如同身处冰库中，这种感觉就如同灵魂被一分为二。突然，心脏剧烈痛了起来，我捂着心脏，来不及喊叫，一下子沉入了水下，周围一片沉寂，身体逐渐麻木，我看着从上方照下的亮光，越来越强，包裹住我的身体，仿佛要撕裂一般，突然我就从水中一跃而出，水面上阳光刺眼，我在阳光中飞速弹射到柳树枝上，我感觉自己像蝉一样牢牢地抓住树干，身躯中传来窒息的痛楚，仿佛要从束缚中挣扎而出。我远远地看见同学惊慌失措，他们把我从水中拉了出来。

一会儿，我就醒了过来，短暂昏迷中的幻象，促使我到那棵柳树上去寻找，我什么都没找到，但是从此以后，我心脏的疼痛，一下子消失了。

我或许是在等待什么吧？

大学毕业以后我从外地回到了桐城，在一家报社做文字编辑排版的工作。报社不大，只有十来个人，人际关系简单明了，倒也让我落得个心安。我一做就是五年，过程平淡乏味。我不爱交友，大学毕业以后，和学校里的朋友也渐渐断了来往，报社的工作有条不紊，和他人交集也并不多。因为童年时期心脏的问题，我养成了淡然的性格，成年以后也没有改变，说话声音低沉而缓慢。老主编看我工作认真，对我私底下也很是关照。报社的工资虽然不多，但是应付日常开销还是足够的。

我还没有恋爱，我不知道我的人生还在等待什么，在我明白之前，我想独处。

桐城虽小，但是老城区里街道密密麻麻，错综复杂，就算从小在这里长大，往往走错一个路口，也会轻易迷路。随着年龄增长，我也不再乱跑，之后就再也没有去过那个叫和平影院的电影院。

但我有了独自在某条小巷里散步的习惯，我会在半年或一年之内选择同一条小巷散步，直到厌倦，然后再选择另一条小巷。

有一天晚饭后，天上飘着零星雨丝，我走在往常走的一条小巷中，随身带着女人留下的黄色雨伞。离开桐城的时候，这把雨伞便被母亲收了起来，至今还保存得很好。回桐城后，每当到有天气预报说要下雨的时候，我就会拿着这把伞。但是说来也巧，每次我带着这把伞，雨便不会再下，所以我竟然没有一次撑起过这把伞。

雨丝之中，空气安静潮湿，天色红紫相间，路边的青苔也散发出一种独特的雨水气息。走了半个小时，发现了一个隐秘的路口，路口的一侧长满了五颜六色不知名的小花，花瓣上还残留着雨滴，显得格外妖娆。边上是一条弯弯曲曲不知通向何处的小路。我来了兴趣，转身便走了进去。

这个时候已经临近十月，天气已经逐渐开始变凉，小路一侧的一棵梧桐上竟然还有蝉鸣发出，声音不大，只有一只蝉。小路很窄，当中一条小石子路，似乎只能容一个人落脚。天色渐暗，但是走进巷子以后，随着巷子的深入，天色竟然渐渐由暗紫色转成粉红色，天空就跟返老还童一样，又重新亮堂了起来。走着走着，见一个大约一米高的红色小砖墙，转过小砖墙，路渐渐开阔起来。小道也由原来只能容纳一人行走变得可以容纳四五个人并排行走，两边密密的梧桐树冠如华盖一样覆盖天空，树上到处都有蝉脱下来的壳，蝉壳晶莹剔透，牢牢地勾在树上，俨然一副副古代武士的盔甲。路旁有一些木头座椅，上面布满各种凌乱的划痕。我像往常一样侧着头，仔细观察着路边的景象。

路的尽头竖着一座矮矮的扁扁的房子，似乎许久没有人来过，我绕过门口的泥地，看见大门还开着，很古老的木头门，只见木门边上竖着一块牌子，牌子上都是灰尘。

雨丝变大，淅淅沥沥地下了起来，见房子的门开着，我便拿着伞走了进去，进了大门，里头没有人，空空荡荡的，我转身打算离开，突然听到背后有一个小女孩稚嫩的声音。

回头一看，是一个穿着连衣裙的小女孩，坐在我身后的椅子上，连衣裙上满是粉红的叶子，脸上稚气未脱，看上去也就八九岁的样子，小女孩绑着两个小辫子，一脸天真地看着我。

我生怕被误认为是私闯民宅，于是对小女孩解释说，我是不小心迷路走到这里的。

小女孩听我说是迷路走进来的，神色一下变得愉悦起来，抬着头说道，像叔叔你这样误闯进来的，今年还是头一个。

她坐在椅子上，双腿摇摇晃晃的，显得颇有主人的样子，她右手里捏了一只蝉壳，一边跟我说话，一边举起来眯着眼睛，透过蝉壳看着门外。女孩说她就在附近的小学念书，这里并不是她家，她只是来这里找留在梧桐树上的蝉壳，外头下起了小雨，便跑到屋中躲雨，碰巧遇着了我。

小女孩有一句没一句地跟我说着话，她问我几岁，我跟她说快二十七了。小女孩思索了一会儿问道，你知道吗？有一种蝉要在地里待上十七年才会爬出地面，然后爬上树枝脱壳羽化。

我摇摇头，小女孩看我没有接话，自顾自说了下去，我爷爷跟我说的，城市就像一棵大树，我们就是蝉，从地底下爬出来，爬到树上汲取养分，然后在树上脱壳，生小孩，最后从树上掉下来死去。有的蝉八九年就从地底下爬出来，有的蝉要过十七年才从地底下爬出来。十七年蝉，爷爷说，又神秘，又漫长，躲在地下那么长时间，这样长大生孩子就没啥危险了。爷爷说，蝉脱壳的时候痛得不得了，就跟要死过去一样，不知道是不是真的。

我听着小女孩的话，心想，当初心脏经常疼得死去活来的那一阵子，也就和这个女孩一般大，但是身高似乎还比这女孩矮半个头。

小女孩还在说，这个地方以前是个电影院，叫和平影院，前阵子还有剧组在这里拍戏呢。她突然扭过头对我说，眼中闪着孩童特有的狡黠，让我想起我的同桌奚某某。

我心中大吃一惊，并没有想到这个小小的地方竟然是记忆中的和平影院，我竟然就和十七年蝉一样，再次来到这里，已经是十七年后了。

女孩见我愣神，用胳膊推了推我，问道，叔叔，你说脱壳有多疼？你跟我形容一下。

我不自觉地把手放在了左胸以上的位置，用手按了一按，一刹那，仿佛变成了那个走进大雨中去寻找疼痛的女人一样。

我回想了一下，对小女孩认真说道，这里是心脏，蝉脱壳的时候，大概和人心脏痛起来一样的。

小女孩用蝉壳上的脚的部位快速划了我的胳膊一下，我的皮肤上出现了一条细细的血丝，然后逐渐扩大、变深，血液控制不住地从胳膊上流到我的手背上，又从我的手指缝中流了出来。我惊慌失措，赶忙用另一只手捂住伤口，我记得小时候害怕伤口，也害怕疼痛，它们让我联想到死亡。

过了一会儿，我移开手，发现胳膊上并没有任何划痕，也没有鲜血流下来，更没有痛楚。

我吃惊地喊道，痛呢？怎么没有痛呢？

小女孩看了我一眼，面色淡然地说道，世界上也有寻找痛的人？

我瘫坐在椅子上，年长日久，那把伞的伞骨有些松了，伞被风刮得微微张开。黄色小伞上，那只蝉又回来了，它趴在伞面上，就像真的一样。

我浑身疼痛，就如炸裂一般，身体内部有翅膀扇动的声音。如同觉醒一般，我感觉自己的背部皮肤裂了开来，疼痛像树根一样，笔直地深入心脏，伴随着巨大的痛苦，相对应的，有一种巨大的愉悦在身体内扩散开来，然后一切归于平静。

感觉就像冷不防，做了一场美梦。

雨越下越大，似乎就是十七年前那场大雨。

望月亭

那天晚上，风尤其大，天空变得清澈，没了云层的遮挡，连月光也变得更加明亮、透彻。

我蜷在床上，月光从窗外照射进屋里，照在床头的玻璃酒杯上，酒杯上的红鲤鱼在月光下缓慢游动起来。我保持着这样的姿势一动不动，望着红鲤鱼，身体又逐渐紧张起来。有着红鲤鱼图案的玻璃酒杯，父亲和母亲，他们让我暗自崩溃。我努力不去想他们，我听着风，看着月光。我把自己想象成了一个幸福的婴儿，我几乎已经能听到自己均匀的鼻息声——我好像很久没有听到自己这样均匀的喘息了。

手机突兀地响了起来，我吓了一跳，睁开眼，想，又是父亲来电，他总是在我感到轻松的时候干扰我。我拿起手机，看了一眼，没有任何来电显示，于是我侧过身，重新又躺了回去。

像是要把空气都排出身体一般，我长长地舒了一口气，重新闭上眼睛，直到一切又恢复到原来的状态。

父亲早在三天前，就已经去了天堂。

回想起三天前，早上，刚过六点，手机便响了起来，我接起电话，电话那头传来父亲沙哑的无比疲倦的声音，他一字一顿地说："儿子，来我这里吧。"他的语气坚决，有点凶狠。

我记得我当时挂了电话，打着哈欠，草草地穿上衣服，没跟母亲说什么便走出了门。我没有预感到什么。

刚出门的时候天还是晴的，阳光惬意地照在身上，我就像一只慵懒的猫，晃晃悠悠地走在巷子里。走了十来分钟，刚走出巷口没多久，天空突然暗了下来，太阳被厚厚的云层包裹住，远处甚至能看到闪电在空中划过，我心里突然有不好的预感了。我回头的一瞬间，有一只黑猫突然飞跃上一棵大蜡梅树，定睛一看，树上又什么都没有。我的步伐越来越快，过第二个红绿灯路口的时候，我甚至没等黄灯完全亮起就加速跑了起来，身后传来汽车刹车的声音，我没敢回头，就这样，中途没有再停下来，一口气跑到医院。

到医院大门的时候，我喘着气，看了一眼手表，天啊，我还来得及吧？我被自己这突如其来的念头吓到了。

走进病房，屋子里静悄悄的。父亲躺在病床上，面色枯黄，脸部的肌肉失去了张力，松弛地挂了下来。他病了太久，以至于他的身体变得瘦小、干瘪。

父亲的表情有些忧伤，张着嘴，嘴边有涎水的痕迹。我想起了搁浅在沙滩上的鱼，还有挂在屋檐下风干的鱼。

父亲看我到了，挣扎着坐起来，对我无声地笑了笑，他笑得很安详，让我感到失去很久的温情。我知道，这是他给自己的尊严，也是给我的。

我在父亲的后背垫上枕头，还没来得及坐下，窗外突然刮起了狂风，落叶夹杂着尘土吹进房间。我站起身，走到窗边关上了窗户，把窗帘拉上。父亲抬起手，摆了一摆，嘴唇动了一下，我知道父亲不乐意，于是又把窗帘拉开，重新在床的一侧坐了下来。

我听到父亲嘴里蹦了一个字出来："来。"

我累，我且不去。

病床边的柜子上插着一束白色的绢花，百合花，花瓣已经微微泛黄，柜子下放着一个绿色的热水瓶，窗边摆着父亲最喜爱的藤椅，除此以外，病房中就没有别的东西了。

我这次是趁着学校放国庆长假，回到老家，照顾父亲生活的。父亲住院，我们是这么安排的：母亲在家料理家务，赵阿姨每天送饭去医院，我负责陪伴。刚到医院的时候，不习惯整个医院飘满消毒水的味道，待了几天，也就逐渐习惯了。我差不多待了四五天才搞清楚，父亲何时要喝水，何时要睡觉。到后来，需要父亲开口说话，我才知道他需要我做什么。想起来是因为父亲变得消瘦无力的缘故，我对他心生怜悯，后来才慢慢地变得积极一点，父子俩后来也心生默契。

病房外传来病患家属间的争执声，不知是谁先拍的桌子，吵闹声越来越大，直到听到一个老太太的声音："什么儿子女儿啊！通通都是王八蛋！"紧接着传来保温瓶重重摔落在地上的声音。

那声音就像突如其来的爆炸，整个医院的走廊都热闹了起来，我“噌”地一下就站了起来，头不由得眩晕了一下。

这光景就像回到儿时家中，听到隔壁夫妻吵架，我按捺不住内心好奇，急忙把耳朵贴到墙上，墙壁冰凉，我每隔十几秒便会换上另一侧的脸，以便继续听他们吵架的内容。

隔壁的夫妻四十多岁，没有子女，隔三岔五地吵架，当时家里隔音差，我在看电视，每每看到精彩处，便听到有东西破碎的声音，我觉得满世界都充满了破碎的声音，我喜欢这破碎声，它让我感到这个世界的真实存在。

隔壁女人一吵架就会拍桌子，然后大吼。男人的声音不仔细听是听不清楚的，然后女人的声音越来越小，男人的声音越来越大。两个人吵架的过程并不长，大约也就十来分钟吧。每当听到女人开始哭，我就知道这场“战争”结束了。我意犹未尽，他们吵完了，我还会屏住呼吸，全身像一只壁虎一样紧紧贴在墙壁上，他们的吵架声音对我来说就跟看电影一样精彩。

我的父亲母亲几乎没有在我面前吵过架，当然更别提打架了，他们总是在冷战。当我长大了想寻找生命意义的时候，我经常会在脑海里假想出他们两个吵架的场景，想象他们打架的模样。他们永远不会知道，他们的沉默给我带来多少无尽想象。

我记得小学六年级那年冬天，十二月的傍晚，天早早地暗了下来，我进了小区，突然看见路边绿化带里有一个人，那个人的额头紧紧贴在一棵柳树干上，一动不动，如同一尊石像。他好像是我的父亲，在这个寒冷冬天的夜晚，他传递的悲伤，让我这辈子都忘不了。我躲在拐角处不敢动，屏住呼吸，仔细观察着花园里的身影，他的悲伤也传递给了我，让我感到沮丧。时间一分一秒，像冬天的水一样冰冷地流过，直到我发现我的脸颊上也挂着冰冷的泪珠，我才一激灵回过神。这时候，树边的人回过头，这不就是我的父亲吗？

他朝我伸了一下手，我不去，我怕。我逃一样地跑回家中。屋内电视节目声音随着开门一下子响了起来，母亲坐在卧室的床上。我书包都没来得及放下，就跑到母亲身旁，把头放到母亲的腿上，但是母亲同往常一样，推开了我。她无法接受这种感情的流露，她镇定、冷漠，我记得在我读三年级前，母亲不是这种性格。

那天父亲到很晚才回家，母亲也不说话，我回到自己的小房间，一言不发，直到睡觉，三个人也没有任何交谈。我躺在床上，看见月光，心想，我的家，比这月光还冷清。

直到过了几天，我晚上回家又在门口看到那个熟悉的身影，我第一反应竟然是有些激动，觉得父母亲这次可以吵架了吧？

我心想这次一定要把父亲看得仔细一些，我走近他，几乎可以听到父亲的喘息，他还是像上次那样一动不动，僵硬得像铁块。

这天比那天还要冷，空中开始飘起了雪花，稀薄的雪花一会儿就变得绵长厚实，父亲的身上和树一样挂上了一层薄薄的雪花。我伸出手去拉他，让他回家，当然吵不吵由他。

父亲头都不回地说了一句："你先回家吧，站了这么久，一定冷了。"

我意识到父亲今天的情绪很糟，比任何时候都糟。我不敢忤逆他，就独自回了家。进了家门，发现地上有一个行李箱，里面胡乱塞着父亲的衣服。

那天晚上父亲还是很晚才回来，他浑身酒气，醉醺醺的。母亲开了卧室门，把父亲一把拉进去了。啊，他们要吵架了。我赶紧把耳朵贴上他们的卧室门。

我听到母亲说："她过得很好！"

"你就告诉我她在哪里，我远远瞧她一眼就行。"父亲说。

"那个人，我听说她现在过得很好，你没什么好牵挂的。"母亲语气平静。

"我就瞧她一眼，远远地。"父亲固执。

父亲声音微弱，"你只要告诉我，她住在哪里。"

母亲说："你为什么不能好好地生活？"

父亲也说："你为什么也不能好好地生活？"

我想知道这个"她"是谁？这个"她"好像是横亘在父母亲之间的一道屏障。我充满好奇。

但是，接下来是长长的沉默。

客厅安静得只剩下时钟走动的声音，我舔了舔嘴唇，有点失落地爬回了床上。

墙上的时钟，已经快十点了。

我忍不住爬起来，又把耳朵贴到了墙上。

隔壁云蒲巷的曹和平是我的同学和好友，他跟我说过和平电影院里一个女人的故事，说那个女人经常上电影院坐着，以听情侣吵架为乐。他说那女人变态。

我想到自己的行为，吓了一跳。

我再次躺到床上。就在我快要进入梦乡时，我听到门被轻轻关上，紧接着传来箱包在楼道里拖动的声音。我重新爬起来，悄悄地打开一条门缝，一只手轻轻地扣在门缝中，往客厅张望。客厅的灯都关了，黑漆漆的一片。黑暗中传来母亲轻微吐气的声音，我闻到香烟味，烟头上火光闪闪。

我走进去打开了灯。

母亲靠在沙发上，头枕着沙发微微上仰，手里夹着一支烟，攥在手里，也不抽，脸上露出冷淡的表情，身形逐渐被烟雾包围。

母亲这模样，让我有点害怕，但是她夹着烟的神态又让我好奇。

母亲的视线隔着烟雾往我这扫了一下，她不说话，于是我就盯着母亲手中的烟。

我从没见过母亲抽烟，注意力全被她夹着的烟吸引了。

我父母亲几乎从不吸烟，也不酗酒。但是今天，他们一个酗酒，一个抽烟。即便如此，他们还是没有任何吵架的迹象。

母亲突然轻轻咳嗽了起来。

我正准备躺回床上，突然想起一件事，问母亲："我爸去哪里了？他什么时候回来？"

"他是要去找镜子里的花，水里的月亮吧。"母亲带着一丝戏谑回答道。

我不懂。

母亲说完又咳嗽起来。

我又看了一眼母亲手里的香烟，心想这烟雾如此难看，就和见鬼一样，我关上门，静悄悄地钻进被窝中。

第二天早上，和往常一样，我在床上便听到厨房起油锅的声音，我闻到厨房传来荷包蛋的香味，打开门，见父亲正在厨房做早饭，母亲则在一旁摆着碗筷。

他们似乎在聊什么事情，仿佛昨天晚上什么都没发生过一样。

他们神情轻松，但我一点儿也不觉得轻松。

医院里的老太太大声骂了一句，身边的护士轻轻地回了一句："这世上，没有什么事情是过不去的。"这是母亲经常挂在嘴边的话。我用力摇了摇头，努力从回忆中挣扎出来。

父亲患癌一年，起初在喉咙，后来转移到了身体别的部位，他的身体迅速恶化，但即使是这样，他也不愿意做手术，到后来说话都费劲。

那天下午，母亲从菜场回来，还没进家门，就听到客厅的电话声，母亲接起电话，是护工的电话，母亲没说几句话，就把电话挂了，我站在母亲身旁，听到的是病危通知。我预感到他这次可能过不去，他病得太久。他并不想活得这么久，刚检查出癌症时，他就说过，他希望快些死去。

“这世上，没有什么事情是过不去的。”

母亲边说边走进了厨房，像往常一样，从橱柜里拿出饭盒，用水冲了一冲，把饭菜夹进保温盒里，母亲的腰挺得直直的，仿佛刚才的消息并不能让她动摇，甚至感到难过。

我刚把饭盒放在自行车篓子中，便看见曹和平拿着一把黄色的伞从巷子口走过，我还没来得及叫他，他走得飞快，转身进了一个巷子中，我抬头看远处天色暗沉，乌云已经黑压压的一片，想起吃早饭时听天气预报说傍晚会下雨，便放弃了追曹和平的念头，我骑得快，没多久便到了医院。

病房里和往常一样——我是说，仍旧没有任何可供消遣时间的东西，而医院的时间比外面的要漫长得多。我坐在床角边，背对着父亲，不知道该说什么。墙上有一只老钟，钟的表盘里有着淡淡的彩色的花纹。

我想起小时候母亲经常带我去一座老教堂，老教堂门口有一个小花圃，我那时分不清，总以为是一个玫瑰花园。教堂在我家附近的一条巷子里，远远地望去就是一间带着尖顶的红砖房，墙壁四周爬满了爬山虎，就连窗户看上去也是小小的、不起眼的，教堂里也因此常年见不着阳光，但奇特的是，每次我走进教堂，都感受不到任何寒意，倒是光线透过琉璃进入教堂，整个教堂就像热带鱼缸一样五彩斑斓，让人感觉如同做梦。

教堂里零星坐着一些人，都是住在附近的，有时候也能见到一些熟悉的面孔，他们安静地坐在椅子上，有的抬着头看着基督像，有的则闭着眼睛祷告。

唯独母亲，她既不看基督像，也不闭眼祷告，我们好几次站在教堂门口的时候，她都拉着我的手，神情发愣，不知道在想什么。阳光从我们的身后穿入教堂中，我时常被阳光中的微小颗粒吸引，于是就像为了消磨时间一般，闭上眼，然后再睁开眼，看小颗粒在哪儿，如此反反复复。

有一天，我鼓起勇气，问母亲，坐在这里的人是不是都是做了错事的人？母亲正了正我的领子，想了一会儿，侧过头，盯着我的眼睛，认真地说道："怎么活，都有自己的道理，上帝也不是都能安排妥当的。中国人有句老话，船到桥头自然直。"

父亲死后，我也曾经回来找过这间小教堂，我来到童年居住的老房子前，照着记忆中的路线，但奇怪的是，无论我怎么找，那条小巷子，以及那间小教堂，都像幻觉一样烟消云散了。

这座教堂是我童年生活的地标，在我平淡无奇的童年生活中，除了渴望父母亲吵架，就是希望经常去这间教堂了，教堂让我内心不再那么紧张。

印象中，我们家离小教堂也就十分钟的脚程，母亲带我去教堂的时候，走在巷子里头，心情好时便会唱歌，记忆最深刻的是一首日文歌，我走在母亲身边，灵魂出窍。这时就像是初夏凌晨三点的夜空，时间和空气都静谧地、缓慢地如丝绸一样从身边滑过。

但并不是一切都美好无瑕，就如我们的人生。

我和母亲常走的那条巷子叫花间弄，巷子里光秃秃的，并没有什么花草，泥石路坑坑洼洼，走路的时候时常会有石子跑进鞋子里，有时候会把脚皮磨破。巷子里零散分布着一些四五层高的居民楼，夹杂着一些违规搭建的矮平房。对住在这里的小孩子而言，简陋的条件反而使我们无拘无束，我和伙伴们玩得开心时，经常会像小狗一般，在巷子中狂奔。

有一天放学回来的途中，我独自在巷子里玩耍，碰巧在巷口见到父亲慢慢悠悠地推着自行车，从前方过来，嘴里在念着什么，我心生好奇，躲在矮砖墙后头，只见父亲从我面前经过，喃喃自语，又像在唱什么。他是在念咒语吧？我从矮砖墙后面钻出来，跟在自行车后面，越跟越近，父亲的声音竟大了起来，有点忘形了，我以为父亲是在念经，咧开嘴在后面偷偷地笑起来，父亲回过头，扬起手，做出要打我的样子，我吓得蹦了起来，像一只猴子，飞快地往家跑去。

我一口气跑进了巷子，回头望向父亲，他刚到巷口，父亲见我回头，于是对我伸出手，示意我坐到他的自行车上。我不愿意过去。我继续往巷子深处走，走到一棵冬青树前，转了进去，没走几步，便走进一栋水泥墙面的居民楼，楼道昏暗，常年没有阳光，我进了大门左拐右拐，迈着快速的小碎步子，跨上楼梯，楼道里弥漫着发霉的味道，我跑上三楼，把头从窗里伸出去，喘着气，看到父亲也走到冬青树下，他见了我，又对我扬手做了个打人的手势，我做了个鬼脸，急急忙忙跑进了家门。母亲正在厨房做晚饭，我走进卧室，打开电视，没多久便听到父亲进门的声音。

今天这个傍晚并不多见，它是这样的轻松惬意。

但是这种轻松转瞬即逝。

进了屋的父亲从不爱说话，大部分时候不是闷着头吃饭，就是一动不动地看电视，空气也变得凝重起来，我再次感到一种莫名的紧张。母亲说："有人刚进屋的时候不是挺高兴的吗？"母亲说的是我，但我没说话。父亲说："我没有啊？我刚才挺高兴吗？有什么值得我高兴的吗？"母亲把筷子一放。我赶紧说："我爸刚才在唱歌呢！哈哈。"父母亲同时脸色一变。

父亲对我说："瞎说，我什么时候唱歌了？"

母亲问我："爸爸唱什么歌了？"

我突然不敢说话了。

吃完饭，父亲到卫生间去，我推开卫生间的门对他说："爸爸，曹和平他们都说你脑子有点不正常。"

父亲惊讶地说:“他们为什么这么说?”

我说:“好几个人都看到你一个人念念有词的,有人说你念的是日语呢。”

父亲说:“多少年不用日语,都快忘记了。不过就算有一天我把日语全忘光了,我也还是会唱一首日语歌。”

那天卫生间的日光灯尤其亮,我站在灯光底下,眼睛盯着父亲坐厕的位置,睁不开眼睛,竟也觉得父亲有些不正常。

病房外传来老太太的哭声,持续了几分钟,然后听到细碎的说话声,哭声没多久便停止了下来。医院重归平静,我回过神,意识到目光仍旧停留在墙上的钟上,我又看了一眼,刚到八点。

我扭过头看了眼父亲,他安安静静地躺在病床上,神情黯淡,眼睛望向我这里,我正打算开口,父亲发现我在看他,动了下手指,他张了张嘴,我想他说的应该是“来”。

我这次站到他面前了。

他吃力地拍拍床单,示意我坐下。又指指抽屉,声音沙哑地对我说:“抽屉里有一张照片,你给我拿出来。”

我打开抽屉,抽屉里放着一些杂物,手表、纸巾、信封、笔记本之类的。

“在一本牛皮封面的本子里头,你找找。”

我依照父亲的话打开了笔记本,从第一页开始,字迹端正,都是一些课堂上的笔记。

我翻了十几页，觉得有些无聊，便用大拇指按着边侧快速地翻了起来，翻到快结束的时候，一张照片从夹缝里滑了出来，照片上一个穿着竖条纹西装的男人，微胖，左手搂着一个穿着白衬衫的瘦弱男人，中等个头，文质彬彬，笑得特别开心。

我知道穿白衬衫的就是父亲，照片里，他精神焕发。

“我大学毕业以后，你爷爷奶奶商量让我去日本读研，这是我在日本读书的时候拍的照片，穿西装那个是我的好友赵乐。”

父亲用手指摸了摸照片上的自己，说：“这事我从来没对任何人说过，包括你母亲，我也不想告诉她，但是无论如何，我还是想让你知道的，我估计我也活不了多久了。”说完他叹了口气。他指指笔记本，让我打开看，我看见有几页写着密密麻麻的字，就读了起来。

我儿杨冲：我二十三岁去了日本，长野县的长野大学，私立大学，离东京很近，那里十分漂亮，漫山遍野的粉白色的樱花和无边无际的金色稻田。我最初打算选金融系读研究生，但是临到决定的时候，我又打了退堂鼓。我觉得内心喜欢的是摄影，于是打电话跟家里人商量，没说几句，你奶奶便跟我吵了起来，说摄影是纨绔子弟搞的东西，然后她把你爷爷也叫来跟我吵。我最终还是听从了他们的安排，选择了金融系。我轻易地就放弃了自己喜欢的东西，听从了长辈的安排。因为那时年轻，什么都不怕，容易遗忘，容易快乐，觉得世间一切都是自己能掌控的。

年轻时，不知“解脱”为何物，现在才知道，“解脱”是人生最快乐的事情。

看到这里，我心中酸涩。继续往下看去。

刚去学校的时候，少了家人的管束，满心欢喜，自由自在，仿佛身边的一切都充满特殊的含义，我在国内学过一些基础日语，即使这样，词汇量还是不够。照片中穿西装的那个人是我舍友，叫赵乐，他比我早来日本一年，也在读研究生，起初我日语不流畅，出门都是他照顾我。有一天，我吃完晚饭，独自到图书馆，那天有点累，于是我随手在图书架上找了一本书，坐了下来。我记得书里讲的是一个送外卖的女孩，女孩长得不好看，每天骑着自行车送外卖，有一天傍晚她去送外卖，这天的月亮出得早，她抬头注意到天上的月亮，心想，美丽得出奇的月亮，有这样的月亮在头顶上，生活都会变得不切实际起来。她多么希望有一种踏实的生活，坐在家里的餐桌边，孩子和丈夫坐在她的对面。想到这里，她心里顿时难过了起来。看到这里我倒是替这女孩惋惜，我不想要太实际的生活，我想要像她那样，月亮顶在头上，自由自在地骑着自行车，穿行在大街小巷。从小到大，我的生活平淡无奇。我不喜欢这种无趣的日子。

到日本一两个月后，随着生活中种种不便出现，才逐渐地意识到自己身在异乡，孤独的感觉每天晚上如潮水一样朝我涌来，赵乐再关心我，也无法消除我内心的孤独。我去图书馆次数勤了，起初每天待到七八点便回宿舍了，后来发现就算回了宿舍也没什么事情做，于是我便经常待到半夜闭馆的时候才回去。临近期中考试的一天，赵乐因为跟自己的女朋友分手，到图书馆来找我。他拉着我坐了两站公交，进了一条偏僻的小巷子，最后停在一家居酒屋前。我当时不会喝酒，但是那天我很想喝酒。五月初的半夜，空气都是微微透着一些凉意的，木头搭成的小店，十分温馨，看门面，是开了有些日子的。门口的木头台阶看着有些破旧，踩上去发出不牢靠的吱呀吱呀的声音。月光下，店门口一尘不染，小店的门口挂着蓝色的门帘，上面画着白色的百合花，百合花上面用汉字写着“欢迎”两个大字。赵乐推开门帘走了进去，一副来过很多次的样子，我跟在后头。小店里整齐地摆着十来张桌椅，墙上贴着一些女人拿着啤酒的广告，小店的老板是一个中年男人，坐在里屋看电视的中年女人是他的妻子。这天小店冷冷清清，除了我们没有别的人。中年男人一看是熟客，站起来笑着打了招呼，中年女人听到有客人说话，也转过身对我们微微弯了一下腰。男主人递来两瓶烧酒，接着又递来两只偏蓝色的透明玻璃杯，杯子的表面一片坑坑洼洼，是故意做成这样的。给我的那只玻璃杯上，印着一条红色的鲤鱼，赵乐的那个玻璃杯上则印着一只孤雁。赵乐手里拿着他的杯子在我眼前晃了一下，说："我现在是只孤雁啦。"我盯着杯子上的鲤鱼，想，好眼熟啊，我好像认识这条鲤鱼。赵乐见我发呆，便帮我打开烧酒，倒在了玻璃杯中，推到我的面前，玻璃杯上的鲤鱼仿佛因为烧酒而游动了起来。赵乐推了我一把，再三催促我喝酒。我拿起玻璃杯，把嘴唇贴在薄薄的杯沿上，大大地喝了一口。我第一次喝烧酒，又是这么一大口，感觉牙齿都烧了起来，立马呛得咳嗽了起来，赵乐见我这样，带着一丝嘲笑和戏弄的表情，哈哈大笑了起来。

赵乐的身后挂着一幅被烟熏得发黄的版画，画上画着一个穿着和服的女人，和服上印着红色的、黄色的牡丹，女人一手拿着酒杯，膝盖微微弯曲，仿佛正准备坐到你的身边。正当赵乐跟我诉说他的感情波折的时候，我痴迷地盯着那幅画上的女人看，魂魄快被画上的女人勾走了。这个女人越看越美，喝了酒看了更美。

赵乐絮絮叨叨说了几个钟头，仍旧不足。我知道了他的前女友是如何长得漂亮，他们是如何在学校的联谊上认识，说到后来赵乐还站起来模仿前女友走路的动作，他一边用手叉着自己的腰，一边扭着屁股跟我说，他那前女友的小腰，细如杨柳，丰乳肥臀，穿着粉色内衣的时候，就跟一粒奶糖一样。

“你知道她为什么跟我分手吗?”赵乐突然问我。

我摇摇头,我只是不想说话。

“她说我只懂肉体不懂灵魂。”

我听到赵乐的笑声,也借着酒劲哈哈大笑起来。我突然涌起一股冲动,我渴望在这个时候拥有一位女子,她的小腰不需要细如杨柳,她也不必丰乳肥臀,她跟我在一起的时候,不需要精心地穿衣打扮。她只需要和我互相怜惜,心心相印。也许我们可以在月亮底下骑着自行车,自由自在地唱歌。

赵乐不停地喝酒,后来他醉到了相当的程度。凌晨四点,我们推开小店的门帘走了出去,我模模糊糊听到有一个女人在唱歌,我以为是幻觉。

声音很轻,夹杂着风吹动树叶的声音,很好听,不像是一般人唱的。我屏住呼吸想听她在唱什么,她突然不唱了。我试着按她的曲调哼了一句,那女子随着我的哼歌声重又唱了起来,但是这次她仿佛有点羞涩,声音明显轻了。这时候赵乐突然开始唱一首不着调的歌。我想捂住他的嘴,让他停止唱歌,等到赵乐安静下来时,周围已经没有任何动静了。这时候天微微发亮了,月亮也不知道跑到哪里去了。我搂着赵乐往学校宿舍走去,突然想起,喝了一夜的酒,竟然连小店的名字都不知道,当然,那位唱歌的女子,我更不知道她姓甚名谁。

日子过得也快，我习惯了身在他乡的生活，没什么波澜，那时候年轻，精力充沛，一天可以当两天过，不像现在，在病床上躺一年仿佛就像躺了一天。

我听到父亲叹了口气。我看了他一眼，继续看下去：

有时候闲下来了，我也想念在家乡的父母，心中猜想着母亲在厨房烧什么饭菜？父亲种在院中的蜡梅可还好？可是我心中最挂念的，是那天夜晚女人的歌声。于是我经常幻想这个女人长什么样子，穿什么颜色的衣服。她的眼眉笑起来应该是像月牙一样，说话细声细气，说话的时候一对小酒窝若隐若现，戴着红白相间的发箍。我一直想见她一次，但是想到连话都没和她说过，心里又有些打退堂鼓。我想独自去小店，又生怕被别人看出来我心里的想法，所以我总是想拉上赵乐一起，给我壮胆。

可惜赵乐那阵子要准备写论文的题材，我叫了他好几次，他都以自己的课业紧张为由推脱了。最后我只能下了决心，在放暑假的前一周，周六晚上，独自去了那家木头小店。因为有些专业已经考试结束，那天晚上小店倒是几乎坐满了人，很热闹的。我推开木门，看到只有靠墙的一个双人小桌子是空着的，于是走了过去，挨着靠墙的那一个位置坐了下来，跟老板点了一条竹荚鱼，还有烧酒……酒是为了壮胆的。我一边用筷子摆弄着竹荚鱼，一边盯着墙上的版画看，小店里热闹得很，仿佛我才是画中人一般不属于这里。

我看到厨房里有个扎着马尾辫的女子，或许说女孩更加贴切。厨房的出餐口挂着布帘，我能看到她鼻子以下的部位，她肤色健康，就像小麦的颜色，嘴唇丰满滋润。她穿着店里的制服，制服上画着一轮明月，月亮下面是波涛汹涌的海浪。女孩走动的时候，我能看到她左侧的裤子口袋里露着一个红色的小玩意，似乎是一个香袋。厨房里烟雾缭绕，女孩在厨房里忙碌着，她会知道有一位异乡人正留意着她的一举一动吗？我就这么用手撑在桌子上，一手扶着下巴，另外一只手慢慢摩挲着玻璃杯子，心中期盼着马尾辫女孩能出来，让我一睹她的芳容。我有一种期望，我希望唱歌的声音就来自这个厨房中的女孩。我这么一想，顿时觉得有了着落，仿佛这个女孩就是我命中注定的那个人。

那天等到了凌晨两点，身边的人渐渐散去。一直到剩下我一个人，也没见女孩出来。我起身结账，打开木门，外面的热气迎面扑来，空气闷热潮湿，似乎要下雨。走到小店门口，突然想起店名。于是我回头，看到门口的招牌上用汉字写着“望月亭”三个字。

我心中默默地念了几遍，爱屋及乌，我也爱上了这三个字。月光如昼，招牌上“望月亭”这三个字被照得微微反光，我的眼睛被月光晃得迷糊了，便觉得招牌上也出现了一个小月亮。我在门口停留了好长时间，没有听到什么。

现在回想起来，望月亭的那个女孩，似乎和你母亲有点相像，只是性格应该是不同的。那个女孩，是文静安详的，你母亲，唉……

信写到这里结束了。

父亲看着墙上的钟，对我说："这天的月亮就如同这钟一般圆，那一刻我总算理解了嫦娥奔月的故事，以前总觉得这故事神秘并且有趣，现在才知道这是一个无比悲伤的故事，悲伤，又美。"

"非常美。"父亲又重复了一遍。

父亲说完便陷入了沉默，我坐了片刻，见他不说话，抬头看了看墙上的钟，原来不知不觉已经十一点半了，母亲应该也快到医院了。我拿起热水瓶起身走出门，正好遇见母亲一手拎着饭盒，一手拿着换洗的衣物从二楼的楼梯口走上来。母亲见我拿着热水瓶，从包里拿出保温杯对我说："先喝我的吧。"我跟着母亲折回父亲的病房，我看到她把保温杯放到父亲的病床边，从自己的包里拿出一只杯子，这只杯子上有一条红鲤鱼。我盯着看了一会儿，心想，父亲的故事里也曾出现一只鲤鱼杯了，它们有什么联系吗?

母亲在杯子里倒了半杯水，递到父亲面前。但父亲眼光涣散，他的灵魂似乎凝视着远方，他对面前的一切漠不关心。

母亲说:"喝水呀。"

父亲厌倦地闭上了眼睛。他们这种冷战,我见怪不怪了。父亲临上天堂前几天,对母亲和她拿来的一切东西都闭眼不看。

母亲转身对我说:"你父亲就连看我一眼都不愿意了。"

母亲烧的晚饭香味,盖过了巷子里所有女人烧的晚饭香味。曹和平曾经跟我说,他爸有一次跟他妈吵架,起因就是这个。他爸夹着一块他妈烧的带鱼,对他嘟哝了一句,说:"闻着是杨家飘过来的菜香味,吃到嘴是你妈烧的腥带鱼味。"曹和平他妈一听立马就拍桌子跳了起来,指着她男人的鼻子大骂:"你那么喜欢她,可惜她不知道。她就是知道了也不会喜欢你这种人,谁不知道她爱老公。"

曹和平跟我说这些话的时候,眼睛一眨一眨的,表情有些无趣,因为这些事情对当时的我们来说还不如抓一只蜻蜓来得有吸引力。

"我妈每次一吵架就让我爸睡另外的床。你妈这样吗?"曹和平扭过头问我。

我摇摇头。

曹和平说:"那你爸你妈是恩爱夫妻咯?"

我想了一想,也摇了摇头。

曹和平说:"奇了怪了,那你爸妈到底是怎么回事?"

我给他讲了一个故事。我父亲三十岁生日那天,也是中秋节。我母亲早上上班前对我们说，今天有人过大生日，我会请假早点回来。我一听便高兴，谁不知道我母亲的手艺？我今晚有口福了。

母亲那会儿在刺绣厂上班，工作时间自由，有时下大雨，便不去厂里，直接在家里工作，母亲的刺绣，月亮居多，圆满的，半缺的，或者一弯钩月，下面衬着红色、黄色的牡丹。我有时放学早，见母亲在家，便坐在一旁看母亲绣月亮。我一边用手在上面摸，一边问，月亮是不是就像这样，摸上去，冰冰凉凉的。母亲告诉我说，她年轻时有一回见到的月亮，红灿灿的，毛茸茸的，就像夜晚的太阳一样，看过一次便再也忘不了。她按照当时的记忆绣了出来，结果被同事笑话，说她绣的既不像太阳也不像月亮，让她心情低落了好一阵子。

父亲三十岁生日这天，母亲真的在中午十一点就回了，她带回一只羊腿、一条鳜鱼、两斤湖虾、一块猪腿肉、一小袋大河螺、一瓶茅台酒。羊腿切了，放了桂皮和尖椒，腌一小时，拿出来煨红烧羊肉。鳜鱼，是我父亲的心头之爱，母亲拿它来做一道东吴名菜“松鼠鳜鱼”。一斤半的虾被母亲挑出虾肉剁碎，另外半斤呢，父亲爱吃盐水虾，我和我母亲爱吃红烧虾，半斤虾不可能成为红烧虾，只能是盐水虾。我要着重说明这一袋大河螺的命运，它们被我母亲煮熟了挑出肉剁碎，与那些猪肉糜虾糜一起，拌了小香葱，重新放回螺壳内，盖上螺盖，放在蒸锅上蒸。这道菜是我母亲的看家菜，不轻易做的。

但是父亲今天晚上没有在吃饭点上回来，我守着一大桌子菜，心里无比焦急。我母亲一开始也着急，让我去巷子口张望，后来她在桌子边上坐下，一言不发，脸色苍白。过了七点，我对她说："我去爸的厂里找找。"母亲说："不要去了。他今天不会回家里吃晚饭了。"过了片刻，她又说："你把你吃不了的菜，拿些给和平，还有左邻右舍。他们问起来，你就说，爸爸今天有重要的事加班。"

我不明白，我一切都不明白，尤其不明白母亲的平静，按一般的情形，家里起码打一架。

我送菜时，听到了一些闲言闲语，回去我就问母亲："他们好像说爸爸爱另一个女人，那个女人其实是个空屁。"

我母亲脸上似笑非笑，似悲非悲，她说："也许不是个空屁呢。"

后来我上了大学，父亲生病，母亲为了照顾父亲，辞了刺绣厂的工作，在家接一些活。主要是动物一类，一幅猫戏蝴蝶双面绣，断断续续可以绣上一个月，如果是老虎，那得两个月吧。再也不见母亲绣月亮了，因为没有人想要月亮。这种生活持续了快一年，比平常上班更累人。

后来亲戚给介绍了一个阿姨，吃住都在家中，母亲每天做好饭，阿姨给父亲送到医院去。有了阿姨送饭的缘故，母亲去医院的次数变得少了，每周末去医院，她把她带的饭菜放在父亲床边，也不爱管他，自顾自和别人聊天。奇怪的是，阿姨会喂父亲吃，母亲不喂，但母亲拿来的饭菜，父亲会强撑着起来自个儿吃完。

阿姨姓赵，五十多岁，身材矮瘦，一口标准的苏南口音，说话声音细细软软。她稍稍有些耳背，我叫她，她经常听不见。有时见她一个人边洗菜，嘴里一边自言自语。只有母亲跟她说话时，她的神情才会放松下来，声音也跟着愉悦起来。她曾偷偷跟我说："你妈很特别，跟她说话心里觉得舒服，那感觉就像日光灯，明晃晃的，不刺眼，刚刚好。"她说完这些话又觉得这比喻有点不妥当，眼珠转了一下，又指指窗外的太阳对我说，"就像晚上的月亮一样。"

我觉得好笑，哪有人指着白天的太阳，说着夜晚的月亮的。

赵阿姨还说："你妈烧菜比我烧的好吃多了，但是你爸不爱吃。有一回我烧了给你爸吃，你爸把我夸得什么似的。"

我听了心里一冷，觉得生活真没滋味。

赵阿姨来我们家以后，母亲晚饭后也有时间能跟我在院子里悠闲地走一会儿。母亲常年坐着刺绣，饭后散步对她而言是非常合适的。

那天，我和母亲晚饭后在巷子里散步，走到巷口，母亲突然停下脚步，抬起头，眼神穿过爬在墙上的月季花，望着天上的月亮，轻声哼唱了起来。我心中惊讶了一声，我好久没听到母亲如此动情地唱歌，似乎是我童年听过的那首日文歌曲，母亲唱到动情的地方，手也微微颤抖起来，我拉着母亲的手，也被她感染，不知不觉地跟着她哼唱，思绪飘到很远的地方。

那天晚上，我进入了梦乡后，耳边还断断续续地传来母亲在巷中唱的那首歌。四周静悄悄的，我闭着眼，那首歌飘荡在天空，感觉魂魄脱离身体，随着歌声四处飘散在夜空中，飞得越来越高，耳边都是风的声音，往下看，是平时居住的一条条寻常巷陌。仔细看巷子中有一个人影，似乎是父亲，他抬着头，急切地在空中寻找什么。

我焦急地大喊着，告诉他母亲在这儿呢。但是他听不到我的声音，继续往前缓慢地行走，最后突然消失在黑夜中。

现在，病房中又剩下我和父亲两人了。我看了他的笔记本，知道了父亲的故事，我激动难忍，我强烈地希望能知道接下来的故事。

保温瓶里还有一小半鸡汤，我去热了，小心地喂父亲喝完。

父亲喝完鸡汤，气色居然好了一些，眼睛也有了丝丝神采，自己在床上坐了起来，示意我再次打开笔记本阅读，而他专注地紧盯着我的脸。

笔记本上写道：

> 我第三次去望月亭的时候，已经立秋，气候变得干爽舒服了。那会儿刚开学，我拉上赵乐还有几个同系的同学，一起去了望月亭居酒屋。那天我们去得早了些，七点不到，便到了小店门口。等我们到了，才看到小店门口的

招牌上写着营业时间是晚上八点到第二天早上八点。赵乐他们跑到马路对面去玩投币的棒球游戏去了，我独自坐在草坪上，等着望月亭开门。我心情忐忑不安，我有两个月没想了，近乡情怯，现在我更想念她，恨不得下一秒钟就见到她。我这次，一踏进店里，就要走到出餐口，拉开布帘，看看她的容颜。

还有半个多小时才能见到她，我努力扼制住激动的心情。

周围黑漆漆的一片，没过多久我便慢慢适应，四周的景色也逐渐清晰起来，到最后，连听觉都变得无比敏锐，我可以清楚地听到巷子对面赵乐他们说话的声音。

我就像发现有趣的事物一般，闭上眼睛，躺在草地上，把精神发散在空气中。我听到微风在树叶里游动的声音，鸟在巢中发出梦中低语。我感到惬意，我就这么坐着，享受这种宁静。就在我灵魂出窍时，空气里传来微弱的歌声，我马上坐起来，我确定是之前那个晚上听到的女声。

我站了起来，四处张望，想看看她到底在什么地方唱歌。我起身离开了草坪，脚步轻盈，隐秘，就像一只猫咪。我循声来到了望月亭后面的一片矮矮的松树林中。我悄悄地走着，生怕惊扰了唱歌的女子。林子里长满了松树，月光斑驳地照着小路，小路幽暗不明，唯独声音是非常清楚的。这个夜晚很诡异，我居然没有见到那个唱歌女子，我找来找去,歌声就在耳边,但就是找不到。我害怕了,逃一般地离开了松树林,正巧碰到赵乐他们,我就把这件事告诉了他们,他们哈哈大笑,都说我见了鬼了,他们一个也没听到歌声。

望月亭快开门了,我把林中唱歌的女人抛到了脑后,我只想见到望月亭居酒屋的那个女孩。

望月亭开了门,没有那位女孩的身影,我到底是没恋爱过,羞于向店主打听她的消息。这天我一无所获,内心充满惆怅,有好几天,我的情绪都难以愉悦,我的世界无比脆弱。

"你翻到最后一页。"父亲突然对我说道。

我飞快地翻到笔记本的最后一页,上面密密麻麻地写了很多日文,日文下标着中文,应该是对应着日文的中文。

父亲说:"这首歌,我不知道叫什么名字……我唱给同学听,他们也不知道是什么。可能是……因为我五音不全,唱得不对。曲子我记住了,歌词,我勉强记得几句,大部分歌词是我后来加上去的,是我自己琢磨出来的。我觉得我加上去的词,与那天的情景是对路的……我好想再听那女孩唱一次啊!"

父亲眼眶红了起来。

啊!我恍然大悟,童年经常看父亲嘴巴一张一合,原来他是在揣摩歌词。可叹街坊邻居还以为他是神经病呢。

父亲说完，竟然唱了起来。我从来没有听父亲唱过歌，没有想象中的那样难听，声音沙哑但浑厚，让人难以忘怀。

风在吹着，云在跑着。
我哼着歌，走在松林中。
一步一步。
再走一会儿吧。
去往山丘的另一端。

穿过晨雾，越过小溪。
悄悄地走到你的身后，追逐你的背影。
每天重复的日子，不计其数。
但那天的日子，却仅有一天。
我一直站在那儿，等着跟你相遇的一天。
踩着石子路，穿过羊肠小道。
海潮涌向礁岩，河流汇向海洋。

我悄悄地走到你的身后。
月光遮住了你的视线。
你再也看不到我。
就这样吧，再见。

父亲停了下来，房间里重新恢复沉默，父亲脸上一派安详。

“后来我还去过一次望月亭，我想看到马尾辫女孩，我一厢情愿地爱上了她，不可扼制。那位女子的歌声，再也没听到过，发生了什么事，我不知道。我只知道，那歌声是我听到的最动人的。”

父亲力尽，慢慢倒了下去。我望望窗外，才注意到外头已经乌云密布，整个天空沉甸甸地压满了云层，透不出一点光线。我摸着父亲的手，对父亲说：“爸爸……要不，今天就到此为止吧？”

父亲手颤抖着伸向水杯，我把水杯递给父亲，他喝了口水，定了定神，说：“没关系……我时日不多了，你看下去吧。”

父亲的脸蜡黄，我心中难受，含着泪继续看下去：

你爷爷奶奶对我寄予厚望，我平时也就比别人加倍地努力。两年过去了，研究生的学位也顺利地拿到了。但是我觉得这并不是我想要的，我内心有另外一种欲望，我说不出。赵乐毕业论文没有通过，继续留在学校里，他也乐意这样，他看上了学校里一个低年级的中国女生。

临近毕业前，我特意去了一次望月亭，这也是我最后一次去那里。店里的一切都和我刚来那时一样，生意有些冷清，但又不至于没客人。店里零星坐了六七个学生，女主人坐在内屋的电视机前看电视，男主人则坐在门口的柜台里，透过门帘看着内屋的电视。

马尾辫女孩仍旧不见。这次我没有焦虑，我感到会见到她。

那晚我把烧酒从店里拿到外头，还有鲤鱼图案的玻璃酒杯，一小碟腌毛豆，我在门口的台阶上找了一处地方，把烧酒还有小碟子整整齐齐地摆在一边。我坐了下来，木地板被我压得咯吱咯吱地响。

一轮圆月明亮得出奇，低低地悬挂在天空，月亮上蜿蜒徘徊的纹路都能看得清清楚楚。

父亲好像知道我在看写月亮的章节，他说："月亮离地球越近，对海水的吸引力就越大，海浪就越凶猛。我从小生长在内陆，没有见过大海。"

我应了一声，朝下面看，下面的内容应该越来越接近事情的真相了吧？

……后来月亮被云层盖住，天空一下变得黯淡。我等啊等，月亮始终没有出来，腌毛豆也吃完了，烧酒也喝完了，我没了兴趣，便起身打算回去。

我掸了掸屁股上的灰，拿起碟子和空烧酒瓶，结账的时候，跟男主人、女主人道了别，经过厨房的时候，我看到女孩了，她背对着我，我看了片刻，终于看清她在擦洗一只只玻璃酒杯，洗好的酒杯整齐地排在边上，沾着水珠，上面的鲤鱼似乎都游动了起来。我想跟她说些什么，我更想对她吐露心声。我来的时候,和赵乐提过这件事,赵乐说,你不说,我也知道。

我看着她的背影,心里忐忑,不知道该如何开口。

那十几秒的时光,感觉充满了我当时的整个人生,我盯着女孩,仿佛我的人生在这里开始,也在这里结束。

后来还是没有勇气开口,以为自己年少,什么都不怕,后来才明白,其实不是不怕,而是你根本连面对的机会都没有。

我就这么独自在出餐口的布帘前站了五六分钟,女孩没来由地突然回头,即使看不到她的脸,我还是能想象到她诧异的表情,我这么站着,谁都能明白我的心情。我十分紧张,慌慌张张地推开门帘快步走了出去。

外面干燥而又冰冷的空气让我冷静了一些,抬头望着天空,云层已经被吹散到天空的另一侧,月亮又重新出来了。

记得最清楚的,就是女孩制服前的那轮明月,月亮下面是大海,海浪波涛汹涌,仿佛要把月亮吞噬一般。

我站在望月亭的门口,做了一个大胆的决定。我大步走进店里,掀起出餐口的布帘,仿佛用尽了我二十多年积攒的所有勇气,大声叫到:“请你转过身给我看看你制服上的大海。”

布帘打开处,没有一人。

店主说:“她走啦,辞职了。她要去北海道玩玩,然后就回国啦。”

这时，我做了一个决定，要去看海。

同班的滨野跟我说过，鸟取县有日本唯一的沙漠，在那里看海，一辈子都难以忘记。于是我借着月光走向学校正门口附近的车站，之前在望月亭的遭遇在我心中留下无以名状的牵挂，一心想要看到大海，别的什么都不考虑，好像看到了海就会消除对那女孩的牵挂。

后来走着走着，听到背后传来一个声音，听不清是什么，过了几秒钟，又传来一声似乎是“再见”。我直觉到这声音与我有关。这声音夹杂着夜晚中无名花朵的芳香，温柔可人。是从望月亭后门口的小草径上传出的吧？我马上回身去寻找。小路上没有人。或许是从小店的前面传来的吧？于是我回过头往小店的门口找去，但是又是什么都没看到……是我心里太想要见那女孩了，所以产生幻觉了。

我站在夜色中，难过得想流泪。

我运气很好，在学校附近的客运站，找到了去鸟曲县的大巴。当时是晚上十点多，听司机说，第二天一早便能到达，让我安心在车上休息。车上没有什么人，我在后排靠窗的座位上坐了下来。头倚在车窗玻璃上。晚上的经历，让我内心疲倦，但是又激动。我睡不着，用手轻轻敲打玻璃，有节奏地敲，我发现我敲打出林中女人唱的那首曲子了。这是什么曲子？会有什么样的歌词啊？与爱情有关吗？

一个人趁着夜晚独自跑去海边，这是我这辈子都没想象过的事情。

大巴匀速开着，起初看到的景色都是一栋一栋的居民楼，大部分房间中的灯都已经熄了，偶有一些零零星星的灯光还亮着，我眯着眼睛，这些灯光在我的眼中被无限放大，就感觉有无数个月亮一样，车上的呼吸声也都此起彼伏。后来路上渐渐颠簸起来，我的头靠在车窗上，被震得有些疼痛，这种疼痛有效地缓解了我对那女孩的牵挂。我睁开眼，似乎已经出了城镇，窗外已经看不到任何灯光，只有公路上亮着有些晃眼的路灯，以及天空上挂着的月亮。

没过一会儿，我又想起了望月亭，想起了玻璃酒杯上的红鲤鱼，想起了那个女孩，穿着月亮海浪花纹的制服。想着想着，渐渐进入了梦境，梦见月光透过云层照在女孩身上。女孩穿着白色的衬衫，卡其色的丝绸裤子，风灌进她的衣服中，微微鼓起，月光也透过她的白衬衫，她里面没有穿内衣，她的乳房若隐若现。她的头发在月光中飘散开来，她在对我说话，我远远站在松树密密的阴影下，月光照不到我这里，我也听不到她在说什么。于是我就想走近一些，听她在说什么。我离她越来越近，我的目光死死盯着她的嘴唇，她的嘴巴真丰满。空气安静得仿佛都凝固了，似乎能听到一点声音了，我努力靠近她，感觉就要亲上了她的嘴唇。突然她化成了一道光晕，只剩下一个声音回荡在空气中：

“来世再见！”

我猛然惊醒，才发现做了一场梦。窗外天空已经泛白，我听到公路两旁海浪拍打礁岩的声音。

我从座位上站了起来，走到车前的司机师傅身旁，想问问他下车后该怎么去那个有着沙丘的海滩。

开车的司机，是个有着京都口音的中年男人，即使开了一晚上的车，还是能看出他一脸的谨慎。他从后视镜瞄了一下我，问我是不是来看日出的游客。我没说话，中年男人示意我坐在他身后的座位上。

“我每年都能碰到像你这样通宵从外地赶来鸟取看海的年轻人。像你这样什么行李都不带的人倒是头一次见到。”大叔看了一眼我座位上的行李架说道。

“一个人来看日出的都是失恋了。”大叔略微带着笑意从后视镜看着我。

“我是失恋了。”我说。

大叔又从后视镜看了我一眼，不再说话。

我看了一下手表，已经凌晨四点半了。

客车在一个路口停了下来，大叔指了指一条小路对我说道：“喏，沿着这条路走，尽头有一个沙丘，你爬上去，就能看到海了。啊，失恋的人，你千万不要投海自尽。”

我有点勉强地笑着回答："向你保证，我不会自杀。那个让我失恋的女孩，我们以后还会再见的。"

"那好吧，再见！"大叔说完对我笑了一笑。

我站在公路旁，目送小客车离我远去。天冷，我打了一个寒战，抬头看看天上偏西的月亮，光线已经变得有些模糊，日光也从东边漏了出来，我知道时间不多了，于是加快了脚步。这时候海岸线逐渐清晰，我沿着大叔指的小路往前走去，走了五分钟，已经能清楚地听到海浪翻滚的声音，我内心按捺不住地喜悦，在沙地上跑了起来，跑得越来越快。

空气中飘着白色的雾气，缓缓流动，就像白色的海浪飘荡在陆地上。透过这层薄薄的雾气，我看到大海就在面前，自由的充满爱的大海，我就像在追着女孩一般，一个箭步跃到沙地上，沙地潮湿，我每抬起一脚，都担心另一只脚无法从沙子里挣脱出来。

沙地的不远处是一座高大的沙丘，我手脚并用，爬了上去。

爬上山丘，海风夹杂着沙子迎面扑来。我抬起头，和视线平行的是硕大的月亮。

那天凌晨的海浪特别大，月亮贴着海平面，海水是深蓝色的，仿佛是连着天一般。我笔直地站在沙丘上，海浪卷着白沫一层一层地涌向沙石，连呼吸都变得小心翼翼起来。眼前的景象让我想起了望月亭的女孩，我内心激动，控制不住地大叫了起来，但是声音瞬间被海浪声淹没了。

就像受到了某种不可抗拒的吸引，我连跑带爬地从沙丘上摔了下来，然后继续往海边走去。

我想走近一点，再近一点，仿佛只差那么一点，我就能触碰到这天上的月亮了，海浪漫过沙石，淹没了我的鞋底，又瞬间消失在沙石中。远处的海浪波涛汹涌，涌到我脚下的时候，已经只剩下一点白色的泡沫，我继续往前行走，海水冰凉，直到没过了我的膝盖，我才突然反应过来，停下脚步，心里觉得命运捉弄我，号啕大哭起来。

天彻底地亮了，月亮逐渐被更加亮的光线给包裹住，一点一点地消失在天空中，阳光取而代之，穿过云层，我站在海里，凌晨的阳光打在我的身上，我的身体突然感到了寒冷。我慌忙从海水中退了回来，我终究是看到了大海上的月亮，它与那女孩胸前的图案一个模样，不管海水怎样汹涌澎湃，它始终安静。就像我和她，我内心激荡，她却是那样安静。我扭头走向来时的那条小路，身体虚脱，倦意也随之袭来。

第二天一早，我带着收拾好的行李，踏上了回国的旅途。你爷爷奶奶看着我带回来的研究生证书，笑得合不拢嘴巴，好像这辈子都没这么开心过。

我觉得内心总是少了点什么，到现在，我都不知道望月亭的女孩长什么样。

我回国后在家待了近半年,心情低落,不愿意上班,也从不出去玩,你爷爷着急,托关系让我进了外贸公司。没多久,外贸公司的一位财务主管就把你母亲介绍给了我,你母亲在刺绣厂工作,我们交往半年后便去领了结婚证。

你母亲的出现,让我内心又重新安静了下来。

我跟你母亲结婚没多久,便开始感到不安。你母亲性格安静,慎言慎行,敬老爱小,还做得一手好菜,几乎是好妻子的典范。在她没有任何过错的情况下,我莫名地强烈地惦记起望月亭里的马尾辫女孩,而且,每次想念她,我都觉得她会改变我现在的人生。但是,我现在的人生,又有什么不好呢?我感觉对不起你母亲。

我有时候甚至怀疑,那个喜欢望月亭女孩的我,和那个喜欢你母亲的我,到底哪个才是真正的我。

后来你母亲也察觉到了我的情绪,她什么也没有说。

赵乐回国以后跟我也联系过,我们见面的时候,他偷偷对我说,听一位当年的同学说,那个望月亭的女孩也住在桐城,她可能是最近才回国的。我开心坏了,怪不得我近来总是对妻子三心二意,原来我惦记的她,就在我的身边。

啊!那一刻我觉得上帝是眷顾我的。

我喜悦了很久,到你母亲怀孕的时候,我愈加觉得对不起你母亲，我便向你母亲坦白了一切。

你母亲看着我的脸，满脸惊惶，她想说些什么，但最终没有说出来。最后她说："她只是你幻想出来的一个人，如果她真的与你生活在一起，你还能像当初一样爱她吗？"

我坚定地说："会，我会一辈子爱她。"

你母亲说："我以为你是不太爱我的，看来我是猜对了。你把那个女孩忘了吧，珍惜眼前人，我们好好过日子。"

我答应你母亲好好地过日子。

答应是一回事，忘掉忘不掉又是另一回事。有一回我喝醉酒，你母亲扶着我，突然对我说："你别忘不掉她啦，那个女孩现在过得很好，结了婚也生了孩子了。"

我一下子从酒醉中惊醒，连忙问："你怎么会知道？"

你母亲说："你不要问了，这件事，有关我的家庭幸福，我会去打听的。"

我隐隐地不快，你母亲的优点我已经不在乎，她的缺点越来越多。首先她经常性地不耐烦，有时候，与我一天都不说一句话，看我的眼神也不再专注。偶尔与我讨论什么问题，语调总是粗野。我批评她两句，她会说："你没资格批评我，你并不爱我。你是个不成熟的人，你没有能力爱任何人，就是那个在日本打工的女孩，你也不是真的爱她。你爱的是你自己。”

我抽了她一耳光。她一言不发跑了出去。我也不高兴去找她，一会儿她自己回来了，没事人一般，到厨房里，该做什么就做什么。

忽然有一天，你母亲回家，跟我说：“你想知道那个女人的消息吗？”

我不语。但我的神情透露了我的内心。

母亲说：“她死了！”

我跳起来。这个打击不算小。

你母亲很高兴。过两天她又回来对我说：“这个女的，听说是过人行道的时候被一辆无证摩托车撞死了。”

我又是一阵心慌。

这还没有完，过了几天，你母亲又对我说：“上回我说错了，其实她是被一个疯子捅死在路上的。”

我突然怀疑起来，说：“你是在胡说八道吧？”

你母亲说：“那你自己去找啊，看看我说的是不是真的。”

我也真的到处去找了。你母亲知道我一无所获，她对我愈加冷漠，我也愈加无所谓。

父亲在床上挣扎着想坐起来，我扔下笔记本去帮他。

“你母亲，她一直都在骗我！”父亲语调突然升高，带着恨意说道。

然后父亲就不再说话，整个房间再次暗沉。他侧过头死死盯着窗外，表情复杂。

我不知道该如何回答，回头看了一下墙上的钟，已经下午四点半。窗外下起了大雨，我站起身，确认把窗户都关好了，然后拉上窗帘。我伸了伸懒腰，见父亲闭上了眼睛，我便没有道别，走出病房，拿起门口母亲事先准备好的雨伞，准备回家。

我走出门的时候，听到父亲嘴里蹦出一句话：

“我要叫人把笔记本烧了，今晚，我要去望月亭了。”

我回到家，家中静悄悄的，空无一人。我去厨房，见母亲坐在黑暗里，倒把我吓了一跳。刚才看了父亲的笔记本，知道了父亲的秘密，面对母亲，我有些讪讪的。倒是不爱说话的母亲，主动来与我说话了。

“阿姨，我让她走了。”她说，“……你爸爸不会再要人侍候了。”

我愤愤地说：“你对他冷淡，连吵架都不肯，他还不如早点上天堂。”

一刹那，母亲潸然泪下。

今天是什么日子啊？先是父亲的秘密，再是母亲的秘密。他们为何不能捅破这层名为“命运”的纸，面对面地互诉衷肠，反而要对我这个局外人说呢？

母亲的语调缓慢低沉，我的情绪仿佛也随着母亲的声音一点一点地沉入她的回忆：

小时候，我不是住在桐城，我住在桐城边上的一个小县城里。我家隔壁住了一对哑巴夫妻。男的白天出去卖甘蔗汁，女的留在家中，没有子女。那天，我放学放得早，家中没人开门，就坐在门口的台阶上等父母亲回家。对面的哑巴女人一直在窗帘后面观察我，我看见了她的半边脸，她的半边脸并不令人害怕，我们巷子里传说，她通灵，会招神仙鬼怪。

她在窗帘后面向我招了一下手，就一下，我就被她吸引过去了。

她的屋子在一楼，客厅向北，那会儿是下午三点半，客厅中一点阳光都没有，客厅里的西南角摆放了一个两米长的鱼缸，养了两条神仙鱼，气泡从鱼缸底浮出水面，一路迅速变大，然后在水面上破裂。家里没有开灯，整个墙面上都是鱼缸里灯光反射的波纹，让人感觉就像在水里一样。

她一把拉住我的手，我不知道她要干什么，用力缩回手。

她从鱼缸下的柜子中取出一面袖珍小黑板，她在上面写道：你把手给我，我给你看看手相。

她的手指冰凉，就跟没有体温一样。

我想起邻里街坊都说这个叫何月的哑巴女人看相特别准，于是我把手递给了她，我想看看，她算的命到底有多准。

哑巴女人用手指按住我的右手掌，从小指下面的侧掌，向食指方向走，滑入食指与中指之间，一直滑进食指下面，又从食指朝下划，划到鱼际线。她用了手劲，划得我有点疼。她神秘地在我手掌上划来划去，念念有词，然后她在黑板上划来划去，并写了一个字，我屏住了呼吸。上面写着：

望。

我不喜欢这个字，我对她如实说，我觉得这个字不吉利，得不到想要的，才会“望”。

哑巴女人又画了一张人民币。我看懂了，我从书包拿出五块钱。她把钱放进里屋，出来继续写道：

你命大好！

我的心跳了起来。

哑巴女人飞快地在黑板上写道：

一见钟情，花好月圆，生有贵子……

她还没来得及写第四个内容，我就听见我家大门打开的声音。我匆匆忙忙把这三个内容抄在纸上，准备朝家里跑。

哑巴见我准备离开，嘴里发出呜呜的声音，有点着急，她抢了我抄的纸，叠起来，塞进一个小小的鲤鱼形状香包里，然后把香包背后的小细绳打了一个死结。

这也算是今天的奇遇了。

我回家对母亲细说了我的遭遇，母亲听后大喜，惊呼：“那个哑巴女人算命非常准啊。我就说过，我闺女命好！”她急忙给我外婆打了电话。我清楚地听到电话那头，外婆激动的声音。没过几天，整条巷子的人，都听说了哑巴女人给我算命的事情了。我走在巷子里，有人特意把头从窗户里探出来，笑着对我说：“哑巴女人真的给你算得那么好？”

当然，我对自己的好命深信不疑。还有一个原因，我那时正处于女孩发育期，我对未来充满希望，哑巴女正好坐实我对命运的朦胧想法。

我初三的时候你外公调职到了桐城，我和母亲跟着他一起到了这个陌生的城市，住的是你外公单位分配的房子。刚来到这个城市正是雨季。雨不停地下了半个月。下雨的时候，万物都是静悄悄的，连对面楼里头人打喷嚏，我都能清清楚楚地听到。有时候傍晚雨停，月亮出来，空气潮湿，天地之间弥漫着白色的雾气，我的房间正好能看到月亮，我躺在床上望着月亮，手里捏着鲤鱼香包。

但是我现在不喜欢月亮。

因为它不能自己发光。

后来高中毕业，跟着你舅舅去日本打了两年的工，攒了些钱。遇到你父亲的时候已经二十一岁了。那时我在一家刺绣厂工作了。你爷爷奶奶在当地也是富实人家，你父亲在日本读过研究生，碰巧我也在日本打过工，这也算是我们有缘吧，一位外贸公司的亲戚把我介绍给了你父亲。

你父亲对我说的第一句话是，我见过你吗？说完他又觉得不合适，又说，你长得像我见过的一个人。

我见你父亲第一眼，也觉得我曾经好像见过他。

于是又看了你父亲几眼，他浑身散发着一种儒雅的天真的气质，我想到哑巴女人的三个预言。

我没想到的是，你父亲并没有对我一见钟情。

但我对他一见钟情。

第二次见面是我找他的。

第三次见面还是我找他的。

第四次总算是他找我了。

然后我们就结婚了。

我内心十分愉快，但我没想到的是，新婚之夜，你爸爸趁着送两位外地参加婚礼的同学，一走半天，到凌晨才回来。我当时不知道他去干吗了，若干年后才知道，新婚之夜，他一个人倚在梧桐树上看月亮了。他也为此事向我道歉。我想起哑巴女人的第二个预言，花好月圆，是吗？不是。

结婚半年，我怀孕了。你父亲知道了很是高兴，那天是八月十五，月光皎洁，你父亲带着我，约了两位同事和他们的家属在外聚餐。他喝醉了，走出饭店，指着天上的月亮，五音不全地唱起日文歌。那歌词听着悲伤，和我唱过的一首日文歌很像，大部分的曲调是像的，曲子到了后面就不像了。整个歌词，只有头两句，我是熟悉的，后面完全不熟。

我隐约感觉，你父亲心里藏着什么人，或者什么事。我不会问他。

我顺利地生下了儿子，儿子大头大脑，一脸福相。哑巴女人第三个预言是应验的，我也安心了不少。

我把藏了好久的鲤鱼香包拿了出来，这个香包对我没有用了，它早已没了香味，我用剪刀沿着鲤鱼的死结剪开，露出了纸的一角，我打开来，时间飞逝，纸微微泛黄。

看到第一个和第二个预言，我心里升起一股子恨意。我拿起打火机，把纸点着了，火光把屋子照得通红，借着火光，我看纸后面有笔迹，我急忙把纸转了过去，我看到上面多了一个圆。

我没有画过这个圆。

那就是哑巴女人画的。

火把这个圆圈吞没了，我的手被火一烫，疼得把纸扔在了地上，赶忙把手指含在嘴里，再低头看纸片的时候，此时纸片已经被烧得只剩下一小片，这个小片的轮廓像一个女人的头像，仔细看，它很像哑巴女人，我想起哑巴女人没有在小黑板上写的第四个预言。

第二天，我就去找了哑巴女人，她居然还活着，还住在原来的地方。我给了她不少钱，对她说，我想要她当年的第四个预言。

哑巴女人的家没什么变化，热带鱼缸里面一条鱼都不剩了，只有一缸清水，清水里放了几根水草。她看了我一眼，拿出小黑板，在上面写了一个字：

月。

我心里一惊。上一回她给我写的是“望”，这一次写了“月”。冥冥之中，命运的轨迹出现了。

我还是对她说，我上回不喜“望”这个字，这回，也不喜“月”这个字。

哑巴女人看着我，坚定地在黑板上写下四个字：

镜花水月。

父亲第二天就去世了。护士说他是凌晨四点十五走的，母亲坐在父亲睡过的病床上，叹了一口气说：

“这世上，没有什么事情是过不去的。”

父亲的葬礼在他逝世后的第二天中午就办了，火葬场距离月湖镇十多公里。那天过得十分漫长，葬礼结束的时候，母亲打开骨灰盒，捏了一把父亲的骨灰。她坐上车，手就一直握着。我开车，一路上我们都没有再说过话。刚离开火葬场那会儿，外头风很大，树叶被卷得漫天飞舞，开到月湖镇附近的时候，风突然停了，车沿着月湖旁的小路行进，母亲叫我停下，然后，她坐在湖边。她不吃不喝地坐在湖边木椅上，一直坐到傍晚月亮出来。

月亮出来了，照在湖面上，母亲把手里攥了许久的骨灰，往湖面上扔了出去。湖水中洒满月光，星星点点的灰，突然被风朝上吹了起来，它是朝月亮去了吧？父亲总算能触碰到这月亮了，他会感到安慰的。

母亲站了起来，望着月亮说道：

“来世再见！”

月球坠落之夜

我脱剩一条内裤，躺在床上，屋外的大风鬼哭狼嚎刮得我心慌，门也跟着一起发出晃动的剧烈声音，我刚合上眼，卧室门把手处便传出轻微扭动的声音。

我听到有人叫我的名字。这声音听着有些醉意。

那声音问道："陆放，陆放，你去不去？"

回过神的时候，视线正朝着上方，天空显出浓郁的灰色，哈出的白色气体缭绕升腾往黑暗中散去，迎面而来的是大片大片的雪花。李峭正站在一旁，他穿着一件灰色羽绒服，头发又尖又长。他摇了摇我的身子，我拿起左手的帽子，愣了几秒，戴到头上。他又推了我一下，说："想什么呢？"

我还是没明白，反问他："陆放是谁？"

"你是不是喝晕了？你不知道你是谁吗？"他说。

我挣脱开他的手，朝着手心使劲哈了口气，空气中弥漫着酒气，我踮起脚，用力闻了闻，哈哈大笑了起来。李峭看到我这般模样，一张长脸笑得眉飞色舞。

他借着酒意，上前一把抱住我，大笑道："你就是陆放。"

我拍了拍他的肩膀，说："走。"

出电梯时，时间刚过十二点，月亮升到正空中，李峭从口袋里掏出一个不知何时准备好的手电筒，"啪"的一声打开，电筒的光圈在楼道里晃晃荡荡，我跟着他四处逛了一会儿，并无特别之处。我闲得无聊，随便推开了一扇半掩着的门，一股霉味。我站在门口等了片刻才敢走进去，李峭用手电筒四处扫了一圈，寝室显然许久没人来过，地上落满了灰尘。在靠近窗户的位置，灯光触及的一小片区域，落着一张学生证。我拿起来抖了抖，学生证上的一寸照片已有往下脱落的迹象。李峭看我站着不动，走上前问我怎么回事，我把照片递给他，他才看一眼就把学生证甩到地上，显然很慌张，酒都醒了一半，他拉了我一把，说："回去吧。"

再回到电梯里，李峭才稍稍缓和下来，他说："你知道，四楼之所以这样是因为一个叫陈云的人，就是刚刚照片上那个女孩，我本不信，没想到竟确有此人。她失踪了好一阵子，有人说她被绑架了，也有人说她在别处活得好好的。事情不了了之，没多久就开始有人散布谣言，说她时不时会回到四楼，越传越夸张，甚至有人造谣说看见陈云半夜贴着宿舍门框往里张望，整个学校宿舍门上的玻璃都被大家用报纸、海报糊了起来，这些你都知道的。后来学校顶不住舆论，便把四楼的学生都撤了出去。"我刚想问些什么，电梯门便"刺啦"一声打开了，李峭心慌气躁，连摁了几下，门仍旧关不上，如此反复两次，李峭已几乎崩溃，嘴里开始胡乱念叨，什么阿弥陀佛、佛祖保佑。我那时年轻气盛，又借着酒意，并未觉得害怕，我昂起头，朝着电梯外大声问道："是谁在外面?"

话音刚落，电梯的门就关上了。

再打开的时候，我已经坐在食堂里，学姐正坐在我对面，她喝了口碗里的汤，上一个话题似乎刚结束，我端起盘子，准备离开，学姐突然小声叫住我，她说关于陈云的故事，还有另外一个线索：她失踪那天，独自跑去镇子上的影院看电影，那天午夜场碰巧放的是她最喜欢的《情书》。但她到底去没去，没有人知道。说完，学姐从口袋里掏出手机，打开手机相册，飞快地划了几下，翻出一张旧报纸的截图，横跨整个版面的特大照片，是一张陈云站在电影院门口的照片，我把截图放大了几倍，看到身后的电影院叫青山影院。

我又坐了下来。

学姐问："是四楼那事吧?"

我回答："是。"

"这件事让那家影院交了好运。那影院本来濒临倒闭，几乎没有人会去那里。但陈云失踪后，慕名前往的人却越来越多，有些人站在影院门口等上一两个小时，就为了看一部老掉牙的电影。"

"她一下子成了明星了?"我挖苦。

"你说得还真没错，起初只是本校的人去，后来很多外校慕名而来的年轻人也跟着聚集过去。她的消失让大家的生活一下子丰富起来。”

“那后来找到她了吗？”我问。

“似乎没有，也没人关心了。”学姐无奈地说。

学姐又说：“她失踪那天，也就是十一月三号，不知道谁私自为此设立了个节日。”

我仍旧觉得难以置信，问：“真的假的？”

学姐收拾好碗筷，站起来，说：“真的，起初只是在一个小圈子里流传，后来渐渐有规模了，镇子上的人也就默许了。”

“那可真是太扯了。”我笑了笑。

我睁开眼，阳光透过窗帘的缝隙从我的脖子处横跨过去，延伸到尽头墙角，然后又像爬藤般向上蔓延，出现在我视线正上方。我揉了揉眼睛，想起昨晚的事情，爬起来看了一眼卧室门，此时它正纹丝不动地紧紧贴在墙上，我松了一口气，又重新躺了下来。

大学毕业后，我随同学来到了米兰市，在广告公司干了几年，后来又去电影公司干了两年多，仍然没有什么起色。于是我干脆辞职，换了一份轻松的工作，去了一家半死不活的电影杂志社。工作清闲，上班时候偶尔看看电影，我就是这样，没有理想，也没有激情。我时常感到莫名的焦虑与恐惧，于是养了一猫一狗，狗叫旧爱，猫叫新欢，新欢旧爱，有来有回。

过了一星期，我收拾行李，准备回一趟学校。我买了一张晚上的飞机票。临登机前，我突然想起了李峭，毕业后，我们忙于生活，几乎断了联系。我拨了他的电话，电话立马接通了，我没说话，他声音疑惑，在那头问道："谁啊？"我改了主意，挂断了电话。

到达西野市的时候已是半夜，我琢磨在酒店中稍作停留，天亮了再动身。我坐在床边抽烟，窗外的街景与我在这里读书时没有什么区别。我看到远处还有一家店铺亮着灯。房间里凉飕飕的，我睡不着，于是下楼，走了五六分钟，来到了那家店。店铺冷清，只坐着一个年轻人。年轻人看着病恹恹的，我进门时，他正一个人坐在收银台的椅子上看手机。

"欢迎。"他头都没抬，说道。

我也没搭理他，找了靠门的座位坐了下来。

两人沉默了很久，他才开口说话，他问："吃些什么？"

我看了眼菜单，说："蛋炒饭，蒜蓉荷兰豆，再来个糖醋里脊。"

他说："好，稍等。"

坐在角落里的老厨子站了起来。那厨子秃着头，表情奇特，他不情愿地打开厨房的灯，走了进去。

我突然想起，问年轻人："之前的……那个老板还在这里吗？"

年轻人说："不在了，我是他的儿子。"

我说："哦……我读大学时，常和朋友光顾这里。"

"哦，那您现在是做什么的呢？"年轻人客气地问我。

我低声说："也没什么好做的了。"

年轻人看着我，不知道我这句话什么意思。

我只好稍微抬高了些音量，说："刚刚辞职，暂时没有工作。"

"哦，那您这次回来是参加同学聚会吗？"

我迟疑了一下，岔开话，问他："你父亲身体还好吗？"

年轻人开了瓶啤酒，在我身旁坐下，笑着回道："身体健康，现在就等着抱孙子孙女。"

我喝了口啤酒："那就好。"说完这句话，便不再与他对话，眼睛盯着电视。电视里正放着以前的综艺节目，台上站着的那个小女孩，我认得，是个过气童星，那小女孩长得可爱灵动，声音甜美，正唱道：

你可不要急，不要着急。
我先看我的电影，你先看你的书，
总有一天，我们会一起，
相拥在沙发上，
读书，看电影。
只要最后是你，晚一点又有什么关系。
只要是你，总会再见。

这小女孩又令我想起陈云，于是我问年轻人："你有车吗？"

"有。"年轻人探出头，点点头，说道。

"方便的话，我现在就想去一趟学校，你能送我吗?"

年轻人很惊讶，问:"现在吗?"

我说:"是啊，现在可以吗?"

年轻人望了望门外，街道冷清，没有几个人影，他没有多想便答应了。他说:"去镇子要穿过一段山路，二十多公里，开车半个小时便能到。"此时刚入冬，天气寒冷，山间有雾，且山路弯曲。车开得很慢，月亮在山头起起伏伏，我想着心事，一路沉默。

快到镇子的时候，年轻人问我:"是有什么急事吗?"

我说:"我是来找一个人的。也或许是某个念头。我说不清。"

"你知道沉云日吗?"

我想起学姐曾经提起过，不由得感慨，问:"是纪念陈云那个?"

"对，是她名字的谐音，是沉鱼落雁的沉，叱咤风云的云。"

我打开手机，果然今天就是十一月三号，陈云失踪的那一天。

"你是头一次去吧。"年轻人问。

"电影院是头一次去。"

年轻人又说:"那是个好地方。"

"镇子吗?"我问。

"不，我说的是电影院，那是个好地方。"

说话间车已经开到小镇上。

“平时抽烟吗?”年轻人突然问我。

“不怎么抽。”

“你认识我父亲,今天又见到我,也算与你有缘,我没有什么礼物,干脆把这打火机送你吧。”说罢,他从口袋里掏出一个打火机。我从他手上接过打火机,打火机上纹有精致的黄铜花纹,配着几朵云彩,我在手里把玩了一会儿,看到打火机的反面刻着一个歪歪扭扭的圆圈。

“这是什么?”我指着这个圆圈问他。

“这是月亮吧,你看圆圆的,明晃晃的。”年轻人笑着说。

就在这时,车停了下来,他指了指一条小巷子,巷子口站着几个年轻人,年轻人说,“喏,这里就是,今天这日子,应该有不少人都是去那里的,你跟着人群走就是。”

“祝你顺利。”他向我告别。

月色很美,空气清冷,脚下的石子路发出清脆声音。我裹紧衣服,漫无目的地朝巷子里头走去。深处传来狗叫,我想起了我的旧爱,不知道它现在身处何方。它刚到我家时,体弱多病,医生嘱咐家中要保持干净,于是我每天疯狂地用消毒液擦地,它走过的地方我都要擦上几遍,那一阵子,我精神高度紧绷,有时半夜也要起床把家里消一遍毒。我想我还无法承受离别之痛。

巷子里没有路灯,深不可测,像是绵延幽长的山谷,我看到有玫瑰被摆在路边,一些玫瑰旁还插着白色的蜡烛。远远望去，像是虚无缥缈的星辰，我又走了一小会儿，看到有些蜡烛七零八落地倒在路边，那些放在蜡烛旁的玫瑰也被烛火点燃，在空气中发出轻微的嘶嘶声，几秒钟的时间，那些玫瑰便在火星中迅速扭曲成一团黑灰色的粉末。

我走了十多分钟，仍旧没有电影院的影子，巷子也早已没有任何人影，于是我干脆找了块干燥的地面坐下来，点了一支烟，抽了几口，感到有雨滴落到我的嘴里，我抬头一看，天空居然下起零星的小雪了。我重新站起来，拍拍屁股，这时，远处出现一瘦长的人影，那瘦长人影站在原地一动不动。

我灭了烟，心里乱得很，于是冲着那人影喊道："我迷路了，你知道青山影院怎么走吗？"

那瘦长人影声音拖得又长又尖："啊？你要去那里啊？"

我回答道："是啊。"

"那你叫什么名字？"那声音应道。

我觉得莫名其妙，但还是告诉了她。

那影子又说："哦，你叫陆放啊，这名字真好听啊。"过了一会儿，影子又说道："你往你身后月亮的方向走，有一个三岔路，但你不要走左面那条。"

我扭头看了一眼天空，月亮突然变得巨大，发出明晃晃的光芒，像是挂在枝头摇摇欲坠的金色柚子。

"喂。"瘦长影子突然大叫了一声。

我被她的喊声吓了一跳。

"不走左面，我走右面？"我问。

她停顿了几秒，又喊道："也不是右面。"

我耐下心继续问："那么是中间那条？"

人影欢快地回答道："对。"

"谢谢。"我站起来，又问，"你也是要去那里吗？"

"我才不去。"瘦长人影说。

"谢谢。"我刚往影子那里走了几步，想看清楚她的模样，那影子突然扭头向相反方向狂奔起来，一边跑一边大声笑，声音像银铃般在空气里四散荡漾。

我心生疑虑，但仍按影子所说，到了三岔路时走中间那条。我又走了一会儿，看到一栋医院模样的建筑，感觉不对，又往回走，却找不到之前的路了。雪越下越大，我不管那么多，在黑暗里沿着小路跑了起来，不知道转了几个弯，才看到路的尽头赫然立着青山影院。

我来到售票窗口，拍了拍身上的积雪，一个戴玳瑁眼镜框的女孩正坐在里面。

我喘着气，不高兴地说："这电影院也太难找了吧。"

"不可能，从大马路上走进来也就七八分钟。"眼镜妹正聚精会神地照着镜子，她看了我一眼，放下镜子，又从抽屉里拿出一个小蛋糕。

"三岔路那里不是走中间？"我问。

"哦，那你前头就走错了，到了三岔路那里你又走错了。中间那条路是去镇精神病医院的，是死路。你该走对的路全走错了，你是不是被人骗了？"眼镜妹咬了口蛋糕。

我没吭声。

“每年这个时候，总有像你这样的外地人被骗。”

“你是说那人影吗？她为什么要骗人？”

“精神病呗，哪来这么多为什么。”她又咬了一口蛋糕。

我看着眼镜妹嘴角上的蛋糕屑，觉得也问不出个所以然，于是说：“你这票怎么卖？”眼镜妹把剩下的小半个蛋糕吞了下去，喝了口水，说：“七分钟后还有一场《情书》，门票三十。可以扫二维码。”她指了指窗口边上的二维码。我看了一眼手表，两点四十了。

我扫了一下二维码，信号不太好，我又扫了一次，跳出显示我已经成功购买了两张票。

我问：“我就一个人看电影，多买了一张，可以退吗？”

眼镜妹回道：“不知道，我是临时的。”说完，她手指飞快地向里面点了下，又说：“你朝着脸的方向直走。第一个口子上楼梯左转。”说完，快速地撕了一张票根，把剩下那张也递给我。我刚接过票，眼镜妹又把手伸进了抽屉。

“什么脸的方向？”我问。

眼镜妹说：“你现在脸是不是朝着电影院门口？你走进去就是了。”

我走进影院。电影院又小又挤，就两个厅，玉兰和梅花。靠近门口有一个已经关门的小卖部，又窄又暗的过道两侧零星贴了几张泛黄的过时海报，墙边随处可见玫瑰和蜡烛。我四处逛了下，发现没什么值得停留的地方，于是按照眼镜妹说的，左转上楼梯进了放映厅。我进去的时候，里头已经坐了十多个年轻人。我坐下没多久，电影便开始了，我喜欢这部电影，电影院里的人不再出声，雪花在幕布上四散飘落，大风哗哗地刮着。我向四周望了一圈，几乎所有人都安静地坐着，盯着大屏幕，这过分虔诚的模样，让我觉得惊慌失措。

我坐在那儿，大约过了十多分钟，心中莫名慌乱。我站了起来。路过厕所的时候，我听到厕所里有人的声音，断断续续夹杂着“陈云”这两个字。我走进厕所，没看到人，又站了一会儿，发现声音是从厕所边一个后门传出来的。我推开后门，里面是一条漆黑的过道，过道的尽头有一扇微微透出光亮的木门，我走到门前，向里偷偷张望，听见依稀有声音说：今天……陈云……

我没忍住，推开木门，这是一间五六平方米的屋子，老旧潮湿，墙角里架着几把烂拖把，像垂死的人。昏暗的吊灯下摆着一张黑色圆木桌子，桌子上的红色塑料盘上摆着几块看着像过期很久的劣质蛋糕和饼干，墙角的红木桌子上放着一个相框，相框边上有一台不知道几十年前的小电视，就像是电视剧里审问犯人的场景。那桌子边围坐着三个人，他们的目光齐刷刷望向我。有个大学生模样的男孩看到我进来，站了起来，有礼貌地对我点了点头，说：“外面很冷吧？欢迎你，陈云。”

我哈了一口气，说：“是啊，挺冷。”

“坐吧，坐吧。”眼镜妹见我四处张望，连忙把屁股下的椅子递过来，与此同时她从角落里又搬了一个椅子。

我听到陈云这个名字，内心十分吃惊，但并不奇怪。我没有拒绝，坐了下来，除了大学生和眼镜妹，还有一个是梳着油头、头发油光光的中年男人，他双手叉在胸前，屁股稳稳地坐在椅子上。我进来时，他们三个其乐融融，正在讨论什么。

我面露困惑，说："我不是陈云。"

中年男人哼了一声，说："原来是误打误撞跑进来的。"看得出他对我的到来不感兴趣。

眼镜妹安慰道："能找到这里，也说明与我们有缘。"

大学生说："那也好，我们正好少一个人。"说完，他拍了拍手，房间安静了下来。

"来了这里的就是陈云。我是陈云，他是陈云，她也是陈云，你也是陈云。我们都是陈云。"

"我们每年的这一天都会聚在这里，选出下一任陈云。在下一任陈云出现前，我们所有人都是陈云。"大学生继续说。

中年男人有点不耐烦，说："快开始吧，别跟他解释了，他不可能懂的。"

我问："所以说你们聚集在这里，是为了悼念陈云？"

大学生说："算是吧。"

眼镜妹微微一笑，说："你不要觉得尴尬，介绍一下自己啊。"

我见几个人也都客气，就随便聊了起来。

我自我介绍道："我叫陆放。我……"没等我说完，大学生就打断了我，说："在这里你就是陈云，没人关心你是谁。"

我看着大学生，不知道他这句话是什么意思。他语气真诚，看着我的眼睛说道："这是我们的仪式，在这里，你没有自我，你就是陈云。"我思考了一下，问："既然你不是你，那你又怎么知道你就是陈云?"大学生拍拍我的肩膀，说："你不用考虑这么多。"

接下来，我含糊地说了一些自己毕业后的经历。

中年男人听了后，将信将疑地问："但你还是没说你为什么来这里。"

我不想再多解释，于是我语气坚定地告诉他："我是来找陈云的。"

房间安静了下来，大家不再客套和寒暄，大学生说："规则很简单，流程也很短，浪费不了你多少时间。抽到红牌说一件好事，抽到黑的就说一件坏事。这一次，我就不参加了。"

话语间，中年男人从口袋里拿出两副扑克牌，飞快洗了起来。

"那从我开始吧。"中年男人抓了抓头发，说。

他抽了一张牌，翻了过来，红桃 2，他咧开嘴，笑了起来，过了几秒，他才说道："托陈云的福，咖啡店生意越来越好，我准备要开第二家店了。"

"你说的是镇上面包店旁那家咖啡店?"我问。

中年男一脸得意地点了点头。

“你千万不要去那里喝咖啡，轮到我了，方片 7。”眼镜妹边笑边从牌堆底下摸了一张牌。

她说：“我一紧张就要吃东西，有人给我取了个‘黄桃罐头’的绰号。我听了简直想死，我一想死就又开始拼命吃东西，后来有一天晚上我梦到陈云，她在我的梦里被一群人围着，我上前，看到她正在用力抽一男人的大嘴巴子，她带着恨意，巴掌又快又狠。醒过来以后，我恍然大悟。”

“那你后来也去抽别人巴掌了？”中年男听完哈哈大笑。

眼镜妹拿起桌上的饼干放进嘴里嚼了起来。她喝了口水，缓了几秒，点点头一脸天真，说：“抽了。”说完又把包装袋里的另一块饼干塞进嘴里，大家盯着她的嘴看了几秒，她突然停止咀嚼，问我：“不是轮到你了吗？”

大家才反应过来，连带着眼镜妹的视线又一同回到了我身上。我舔了舔嘴唇，小心翼翼地摸出一张牌。“梅花 9。”我说。

他们三个互瞧一眼，沉默不语。

我犹豫了起来，想了想，随口乱说道：“我还是个处男。”

眼镜妹指了指大学生，说：“这有什么稀奇的，他也是处男。”

大学生恶狠狠地瞪了一眼眼镜妹。

眼镜妹脸一红，说：“你说些有意思的吧。”

我想了想，又说：“我最近总是失眠，一到半夜总是听到窗外有人叫喊，那人已经连续骂了一个礼拜了，我打开窗，外头又没人。”

中年男打了个哈欠，说：“你那是癔症，我们这里就没这些乱七八糟的病。”

“所以你来此寻找慰藉？”大学生问。

我摇了摇头，平心静气地说：“我就是来找陈云的……”

中年男打断了我的话，晃了晃手里的黑桃 7，说：“到我了。”

“我最近老梦到自己从悬崖上摔下来，这悬崖还没底，掉半天也掉不到。”

“你是还在长身体吧。”大学生笑了起来。

“或许可能是你最近正在为什么事情焦虑。你可以看看弗洛伊德。”大学生放松了不少，话也多了起来。

眼镜妹问：“我为什么要看弗洛伊德？”

“你梦里的那个陈云不就像个疯子吗？”中年男人幸灾乐祸地说道。

“你才是疯子。”眼镜妹脸涨得通红。

气氛突然变得有些尴尬，眼镜妹半天不说话。终于，她从口袋里掏了半天，掏出一块巧克力。她手一抖，巧克力差点掉在地上，她赶忙把巧克力塞了回去，又摸了摸。这一次，她掏出了一张拧巴的纸，她轻轻咳嗽了一声，有些害羞，说：“我写了首诗，叫《致你》。”

她开口轻念道：

你如同往日，
昏暗又带着几分沧桑。
渗透出一丝光芒。
致不在这里的你。
夜月熠熠生辉。
你眼眸深处，
荡漾着静谧海水，
像盛开的火焰。
致不在这里的你。

听完，大家都沉默了片刻。

中年男人拍着手说："蛮好！蛮好！虽然没听懂。"

眼镜妹把眼镜拿下来，情绪有些激动。

"到你了。"大学生对我说。我愣了一下，说："我想起来一件事，或许和陈云有关，说给你们听听。"于是我把当年我和李峭怎么去四楼，关于那张学生证、电梯门失灵，又仔仔细细地说了一遍。我力求精准，故意忽略了一些细节。他们听得倒是认真。

"半年后，我搬去校外的公寓，临走前，我又回了一趟四楼。"

眼镜妹说："你又回去了？"我回道："对，一个人。"

中年男也来了兴趣，问："为什么？"

我说："我觉得，她一定与我有某种联系。"

"你？"大学生问。

我点头。

大学生脸色难看，说："别做梦了，陈云早就死了。"

我说："她死没死，只有她自己才清楚。"

大学生听我这么一说，撇了撇嘴，身子往后一缩，不吭声了。

我接着说下去："有一次发高烧，我倒在床上，浑身虚脱，意识时而清醒，时而模糊，头痛得简直快要炸裂。那夜，我迷迷糊糊，梦到她站在瀑布上，水汽在她脚底升起，她浑身散发着清冷的光芒，仿佛早已脱离人世间。她站了一会儿，纵身从瀑布上跳了下去。我惊醒过来，才发现月亮正悬在半空，奇怪的是，这个月亮并没有影子。"

大学生说："说到底只是个梦中梦，那不可能是陈云。"

"读书人就是不一样。归根到底，究竟发生了什么？"中年男问。

"本来并没有发生什么，但在我拎着行李即将离开的时候，突然感觉到楼上有眼睛盯着我。于是我回头，本能地往四楼望去，果真有一个人影站在那里。那影子看到我看它，非但没有消失，反倒像是挑衅似的站在那里一动不动。"

我说完这些话，想起了巷子里的瘦长人影。

我问："巷子里的那个人影是陈云吗？"

大学生张大嘴，说："你遇到那个人影了？"

"不可能，陈云已经失踪了好几年……"眼镜妹突然意识到什么，不说话了。

我才发现，白炽灯把大家的面孔照得一片惨白，墙壁映着我们几个人的影子。影子互相重叠，相互缠绕，我才明白，此时此刻，房间中的这几个人，都是消极怠慢自己的人，他们不仅自己沉湎于寻找陈云的病态乐趣中不能自拔，还希望别人也如此。我忽然觉得有些冷，问："你们不冷吗？"

眼镜妹把手缩到衣服袖子里，接过话茬，说："的确是有些冷。"不知道什么时候，她嘴里又多了块牛肉干。

"天快亮了，你快走吧。"大学生勉强从嘴里挤出几个字。

中年男人的手轻叩着桌子，阴阳怪气地说："搞了半天，没想到还是没有结果啊，明年再见吧。"

大家也不好再说什么，中年男打开身后的电视机，他嘴里嘀咕，说道："电影好像快结束了。"

我看了一眼手表，天要亮了，我听到门外传来大家热烈的鼓掌声，接着有人高呼："陈云，陈云！"声音洪亮，接着，越来越多的人加入这股声潮。声潮一阵接着一阵，在电影院里产生巨大的回声，像包围这镇子的连绵不绝的宏伟山脉。我有些头晕，知道继续留在这儿也没有任何意义，于是拍了拍腿，对他们三个说道："我该走了。"

"走吧，你不是要去找陈云吗？"大学生盯着电视，背对着我，声音从后脑勺发出，又细又弱，像只泄了气的皮球。

我实在太累了，连续两晚没有睡眠，让我感到目眩神晕。我直起身，刚推开门，脚一软，跪了下来，身子随之后倾。此时，我脑海中残留些许神志，看到一个女人低着头打量我，我以为那是陈云，但我又听到有人叫我陈云。这名字宛如晴空中的一道霹雳，我一下惊醒，声音在我脑海中渐渐散了去。再醒过来，内心释然，我坐在电影院的椅子上，此刻，帷幕已落下。我站了起来，强忍着身体的不适，又回到那个房间，房间一片漆黑，向外渗出冷气，像凌晨三点的空旷街道，我打开灯，看到桌子上堆着四处散落的扑克牌。

我走出电影院，街道死气沉沉，天际线处射出青色的光芒，月亮也越发通透，远处传来稀稀落落几声鸟鸣。

等我坐上去学校的首班车，时间刚过六点，小镇仍是一片破败冷清的样子。路面上已经积了薄薄一层雪。公交车行驶得很缓慢，经过站台的时候，后门都会机械地打开，再关上。我把头靠在玻璃窗上，闭着眼睛，身体困乏，差点睡着。直到某一刻，冷风灌进我的衣领口，我把衣服裹紧了些，睁开眼睛，车门仍没有关上，我看到一个染着绿头发的女人站在公交站台的垃圾桶旁。她脸色惨白，鼻子是身上唯一干净的地方；身上套着一件墨绿色的薄外套，下身是一条深棕色的牛仔裤，嘴里嚼着口香糖。她看到我在打量她，翻了个白眼。

“别站在那儿挡路，到一边去。”司机挥手赶她走。

她没理会司机，手插在口袋里，眼睛虚望着。

门“啪”的一声卡住了，没关上。又关了一次，还是没关上。司机骂了句见鬼，这次总算关上了，公交车再次启动。我透过车窗看她，她缩着脖子抖着脚，一副放荡不羁的样子。

有某种感觉突然涌出来，顺着我的喉咙往上爬，我想她就是陈云。我站起来，回过身往后看，远远望去，她绿色的头发在寒风中飞舞，就像一棵屹立于寒风中的冬青树。我急忙跑到另一侧窗边，打开窗户，探出身，风发了疯地灌进来。我吃了两口冷风，打了个寒战，大声朝她喊道："陈云？你是陈云！"

我一辈子都记得她当时的模样。她听到我的声音，扭过头，慢慢地移眼看我，眼神充满不屑。她缓缓抬起手，身形挣扎在见与不见中，还没来得及看清楚，她便在我的视线中飞快地消失了。

风像刀片一样刮在我的脸上，我关上窗，沮丧地坐了下来。我抬头，看到司机正在打量我，于是问道："刚刚那人是陈云吧。"

司机瞄了一眼后视镜，说："哦，那个人，她是陈云失踪后来到这里的，精神不太正常，到哪都跟别人说自己叫陈云，谁会关心她到底是不是陈云。"

我问："为什么？"

司机说："年轻人把她当作偶像。她怎么会是这个疯女人。"

我不死心，又说："那你认识陈云吗？"

司机说："我不认识她。"

我站了起来，指着司机说："你怎么知道她就不是陈云呢？"

看得出司机不高兴了，他说："切，你管人家是谁干什么？你知道你自己是谁就行了。"

我双唇紧闭，牙关紧咬，嘴唇被我咬破了，嘴里仿佛含着一块涩涩的东西。

六点二十的时候，我重新回到学校，此时天还没有完全亮起来。我迷茫地看了看天空，月亮模糊到只剩下一轮淡淡的光晕，我听到远处公鸡打鸣，几个晨练的学生穿着运动服从我身边经过，一切都那么安详和谐，我悄无声息地走进电梯，按了四楼的按钮。

空气中灰尘弥漫如同那晚，我走进四楼那间寝室，陈云的学生证仍然安安静静地躺在角落，我站在窗口发了一会儿愣，直到听到楼下传来急促短暂、微弱的惊叫声，我才注意到楼下有学生对着我指指点点，惊恐的表情在那一小撮学生中迅速蔓延开来。

又过了几分钟，人群渐渐散去，只剩下我和照片中的陈云。

我差点笑出来，这世上多是愚昧之人，仿佛全世界只剩下我与她惺惺相惜。我在床沿缓缓坐下，手伸到口袋里去掏烟。我摸到了那只黄铜打火机。陈云的学生证仍旧躺在地上，照片风干得厉害。我捡起照片，轻轻抚摸。我多希望告诉她，她是陈云。想到这里，我鼻子有些酸，低了眼。我拨开打火机，一下，两下，三下，火苗扑通一声蹿了上来，照片瞬间就被点燃。看着手里火光扑闪，我的心脏忽然剧烈跳动起来，仿佛灵魂也一同被点燃。

窗户中透进阳光，照片上升腾起的缭绕青烟也随之没入阳光，我望了一眼天空，百感交集。

月亮终于消失了。

天使瀑布

现在回想起来，头次见到王西巴，也就是一瞬间的事。

我清楚记得，那天下午刮着风并且还下着大雨，诊所冷清，只剩我与他，他穿着一件粉色的T恤，头发又长又油，左手裹着纱布，独自坐在角落里。我一直暗中观察他，他仿佛察觉到我的视线，抬起头对我腼腆地笑了笑。他笑起来难看得很，像是一只青蛙。我挪回视线，又望向走廊的尽头，那里竖着一个平常无奇的塑料柜，柜子上摆着一台像是上世纪留下来的电视。

走廊漆黑寂静，我虚望着电视打发时间，这一切让我昏昏欲睡。

大约过了十几分钟，我听到电视里传出声音，说米兰市的烟花厂在半夜发生了剧烈的爆炸，初步判断疑似有人故意纵火。听到这消息，我清醒了些，朝电视的方向移动了几个位置。王西巴看我感兴趣，于是也挪了过来，他朝四周望望，小声告诉我他就是从米兰市来的，并且这火与他有关，他说，哪怕现在想起来，脑子里都跟开了花似的。停顿几秒，像是恶作剧般，他又说，电视台的人赶到的时候，烟花早就炸光了，你是看不到的。

我听了有点失望，又开始想自己的事，他开始喋喋不休地讲这火为何与他有关，其中缘由又是如何，我没细听，大致就是他被劈腿，对方父亲碰巧又是那烟花厂的办公室主任。他说了会儿，看我不搭理他，有点自讨没趣，于是岔开话题，跟我说他打算去安赫尔瀑布。我仍旧有一茬没一茬地听，说了没两分钟，他激动地站了起来，手舞足蹈起来。

吊灯在他头顶随之轻轻晃动起来，牵连着的金属绳发出刺耳的剐蹭声，仿佛随时会散架。直到护士从办公室走出来，打开灯，望向王西巴，王西巴才意识到自己的失态，又重新坐了回去，头低下去一些，眼睛彻底没入阴影之中。等走廊里又剩我们两个人时，他摸了摸口袋，有些激动地说，妹妹，你看！他手里突然多了一张叠起的纸，纸展开，上面是一副油墨模糊的山的照片，他把纸往灯光下挪了挪，我才看清楚，这山中有一根细细的宛如银丝的水线，水线四周的鸟群就像一盘散开的芝麻。纸被王西巴捏得皱巴巴的，有几处油墨都混在了一起，我看着可笑，这山非但没有因此显得宏伟雄壮，反倒更像是一个从外星飞来的巨大树墩子。

医生在里头王西巴王西巴地叫他。他站了起来，对我笑了笑，他本来眼睛就小，笑起来显得更小，他没进去多久，就有一个又瘦又高的年轻护士从隔壁的屋子走了出来，她嘴里嘀咕了下，关了走廊的灯，又对我招招手，说，来，陈云。

我打完第二针狂犬疫苗出来时他已经坐回原处了。

他见我坐下，又凑了过来，我没等他张嘴，便先问他，有什么证据说是他放的火？他舔舔嘴唇，从裤子口袋里掏出一盒火柴，说，这一盒总共有二十根，你数数是不是少了两根？为什么是两根？我问。我手抖，第一根没划上，要不是爆炸的声音太响，害我摔了一跤，我也不至于跑来这里。

陈云。护士又叫我了。

我站起来，他有些不舍，慌乱中拉了我一下，明知故问，说，妹妹你叫什么名字。我回他，陈云。他抬起头，脸上是一种辨识不清的表情，他说，陈云这名字好啊，我叫王西巴。

陈云。护士又叫了一遍。

等我再出来的时候，王西巴已经不见了。

果然这两天，我在报纸上看到了王西巴的照片，他比那天见面更邋遢、萎靡，头发油腻得似乎都能渗出光线。那报纸的标题一副八卦头条的阵势，“某男子示爱失败怒烧烟火厂”，因为王西巴，我仔细地读了读，发现这报纸到最后都没说到底是谁放的火。也不知道为什么要放王西巴的照片。但是无论如何，这事在镇子上引起了不小的轰动，关于这事，寝室五个人分成了两拨，一拨人骂王西巴，一拨人骂那女人。其中争得最凶的是梁霍达，她是出了名的多管闲事，这一次，她是站在王西巴这边的，在搞定寝室其他几个人后她仍然觉得意犹未尽，于是那阵子，一到晚上她就会失踪。我有好几次周末回家经过镇子电影院的时候看到她站在巷口与人大声争论什么。我后来得知，她是跑镇子上跟人争论王西巴的事了。

比如说这一次争论的是，王西巴是为自己而活，还是为那个女人活。梁霍达问，你怎么看？我掏出一盒烟，点着一根，说，这世上没人是不为了自己而活的。梁霍达吓了一跳，她说，看不出你会抽烟。我从容地吐了一口烟，模仿她的口吻，说，从我抽烟这件事上引申出去，她是为自己而活呢，还是为别人而活？梁霍达说，算了，看你这样子就知道你肯定是为自己活了，我说不过你，还有事，走了。说完她急急忙忙地就跑了。

她总是很忙，不是去图书馆，就是去打工，事情永远都做不完，而我什么事情也不做，也没有任何事情要做。我没事的时候就跑电影院，那里每周四晚上都会放映一些过时、廉价的电影。那天正好是周四，去影院之前，我想去街上咖啡店买一杯咖啡，付钱的时候发现忘带钱包了，身上剩下的钱也不够买咖啡，于是我只好从咖啡店出来。我又去了一家便利店，买了罐啤酒，在便利店门口坐了下来，便利店门口放着两张桌子，我把脚放在另外一张椅子上，我坐下没多久，远远看到梁霍达一身黑，朝着我这里走了过来，她走进超市，出来时手里多了袋话梅，我的脚仍架在椅子上，她只好从隔壁桌拉了一个椅子过来，撕开一袋话梅，往嘴里一扔，问，你怎么没来，我们今天讨论的是怎样才称得上是美好生活。她一边往嘴里塞话梅一边语速飞快地说了起来，我有些醉意，她的嘴在我眼前一张一合，像条黑胖金鱼。

我想起了我的美好生活，那段日子，我认识了一个比我大八岁的男人，认识没两天我们便出去开了房，后来又见了几次，没多久就同居了，我每天上学，他每天上班，我们周末见面，当周末夫妻。我从小爹妈不管，尤其憧憬这种如胶似漆的关系。于是我带着男人回家，告诉我爷爷奶奶最近的遭遇，说我想现在就结婚，我爷爷听了把饭碗一砸，破口大骂，我奶奶盯着电视机，坐在一旁一声不吭。我本来也没指望他们能同意，这并不妨碍我，大三开学没多久的某天晚上，我回到家中拿生活费，爷爷哼唧了一声，说，既然你打算结婚，就不要再问我们要钱，最好也不要再回这个家，我赌气离开家，走出门没多久，便听到身后传来窗户打开的声音，我回头，看到我的衣服像烟花一样在空中绽开，一波还没结束，紧接着又飞出好几件我的内衣裤。我走回去，把地上的衣服裤子一件件捡了起来。

然后我就半夜在大街上溜达，其实我不太想去男人家，但我又没别的地方可以去。我看到路边光秃的梧桐，远处的垃圾桶插着个裸体塑料模特，塑料模特脖子以下的位置沾满黄色的液体，我想到这个镇子上的人，无论男人还是女人，都是如此肮脏不堪，悲痛的心情顿时好了一些。

空气彻骨地冷，我脚步沉重，仿佛每走一步，身后的星空便暗了一丝，我一直走，走到天空一片漆黑时，才到男人家楼底下，我远远望见男人家的屋子里亮起的灯光，这让我有了一丝慰藉，我脑中立马充斥着与他缠绵在一起的画面，我浑身上下充斥着龌龊的气息，我呼出一口气，调整了情绪，走上楼，敲了半天，铁门才被他打开，他缩在门后，露出半张脸，他没来得及惊讶，我便推开门，我看到他身后站了一个浓妆艳抹，乳房巨大的女人。我抓起抱在怀里的一双刚买没多久的皮鞋，朝女人脸上砸去，那女人显然吓了一跳，她尖叫一声，躲闪过去，皮鞋从她的胸旁飞了出去，落到地上。男人回过神，把我推了出去，铁门在我面前重重地关上。过了大约五六秒，门又被打开，他又探出半个身子，语气缓和，说，陈云，我是爱你的，你别多想，先回去吧。屋子里的光线从男人的肩膀处倾泻而出，光线刺眼，在他肩膀四周绕成一个圈，他的睫毛又细又长，脸蛋红润光滑，像极了一个诱人天使。

外头有些冷了，梁霍达总算不说了，她吸了吸鼻子，小心翼翼地问，她要回宿舍了，一起走吗？我仍旧沉浸在回忆中，对她说，你路上要小心，我要去看电影了，不回去了。

我恍惚中沿着街道走了一会儿，影院离便利店没几分钟的脚程，我不喜欢今天的电影，在电影院门口驻足了一会儿，最终没进去。我转身，没走几步，看到梁霍达像个飞贼一样正站在远处东张西望。我上前，问她怎么了。她说，她还是不太放心我。我不知道说什么，嘴唇不知所以地动了动，但没出声，我摇摇头，说，算了，我和你一起回去吧。她似乎有些不情愿，但还是跟在我身后。我听到她重重叹了一口气，她有些沮丧地问我，你最近怎么样？什么怎么样？那个男人……的事情。她犹豫了片刻。我说，你怎么知道？那男人后来来系里找过你。梁霍达从我身后走到我身旁，她低着头，自顾自说，你是不是压力特别大？我笑着说，谁没有压力？她又说，你和你家人关系也不好吧。什么意思？我刚刚看到你在便利店偷了一卷口香糖。就在你的左口袋里。梁霍达用眼睛瞥了瞥我的口袋。我有点尴尬，我的确偷了口香糖，也的确就在我的左口袋里。"我急着结账，就忘了付钱了。"我哈哈大笑。梁霍达紧紧跟在我身后，我回头，她有些不好意思地冲我笑笑，她问我，是不是见过王西巴？我心想，怪不得。因为被她发现偷东西的事，我也一心想发现些她身上的秘密。于是我故意问她，你是不是喜欢他？梁霍达吓了一跳，问，你是说王西巴吗？我怎么可能会喜欢这种人？我挽住梁霍达的胳膊，刚张嘴，还没来得及形容王西巴长相如何如何，她便惊叫了一声，满脸通红地说，我突然想起来，本想找你说这事的，后来不知道怎么忘了，你听了别难过……你爷爷白天来学校，找系主任，说你年纪轻轻就在外面和男人同居，希望学校给予应有的处置。

那一瞬间，四周都静止了，好像我的至亲已把我杀死，而我只能离得远远的，我肯定是不能留在这里了，我甩开梁霍达，沿着道路走，空气里发出冷彻透骨的摩擦声，我回过神，感觉到嘴唇上滚下来的液体，我垂下头，眼泪滴落到路面上，发出碎裂的声音。

我满心悲愤，觉得这天底下没有比我更可怜的人了。

第二次见到王西巴，已经是六年以后了。那时我已在桐城定居下来，靠着平日里给一些初中生带家教勉强度日。我遇见他那天，我正上完课，走在回家的路上，王西巴在我面前停了下来，伸手拦住我。他剪了个寸头，眼睛炯炯有神，不似记忆中的颓废狼狈了。王西巴看上去很高兴，咧着嘴，说，妹妹，你还记得我吗？我一时半会儿没反应过来，说，哦，是你。他歪着头，看了眼我的脑袋，说，陈云啊陈云，你怎么染了个绿头发？我没接他话茬，他又问，你现在干什么呢？小学老师。我不动声色地撒着谎。我们沿着路向前走，天有些冷，我把围巾裹得更紧了。他说，我都不知道你叫什么。我告诉他我叫陈云。他脸上闪过一丝诧异，说，我改名字了，叫王赫尔。我大笑了起来，说，你这名字可改得真难听，你还不如叫王瀑布咧。他在一家快餐店门口停了下来，搓了搓手，说，啊呀，改都改了，名字而已。他硬要请我吃点什么，于是我们走了进去。他看起来好像很饿，给自己点了个三荤三素的套餐，还有一罐可乐，我一口也吃不下，又实在找不出话题，只好挪开视线，四处张望，他自顾自地吃，大约过了十多分钟，他吃完了，他抬起手，用袖子管擦了擦嘴，告诉我，他刚从镇子上回来。

他有点懊恼，说，两年前他离开诊所后，打算去自首，在此之前，他跑去看了场电影。他顿了顿，说，你知道有多讽刺吗？那男主人公因为杀了人，被捕前给女人放了场漂亮短暂的烟火。那男人是因为爱，那我呢？也是因为爱吧？我喘不过气，心里憋屈，那男人还有爱情，我连爱情都没了。

我叹了口气，问，那后来你去自首了吗？他想了想，点点头又摇摇头，说，去了，但是没有自首成功，他们说已经抓到真正的犯人。我气不过，想看看到底是谁冒充了我，他们警告我不要胡搅蛮缠。我说，那你运气挺好的，也算是皆大欢喜。欢喜个屁。他说。我又问，你不是跟我说那个什么瀑布，去了吗？他舔了舔嘴唇，说，这辈子都是不可能去得了的。来回机票钱就够他攒几年的，都说去那儿的路途艰辛。哪知道连飞机票都买不起。我说，瀑布多得很，你可以去黄果树瀑布啊。他说，你不知道，那瀑布有二百五十层楼那么高，是世上最高的瀑布，你在它面前，什么爱，什么恨，都是云和烟，那话怎么说来着？他的小眼睛盯着我。过眼云烟。我说。对，过眼云烟。他喝了一口酒，说，都是二百五，一个瀑布都能难倒我，这他妈太绝望了。

我看着他的眼睛，有一丝触动。我不想他继续难过，于是扯开话题，问，你刚刚说你去了一趟镇子，然后呢？

王西巴说，哦，那天晚上，我叫了一个小姐，等那小姐来了后，我才发现跟小卡片上的照片也差得太远了，胖了两圈都不止，我不喜欢太胖的，没感觉。重点。我说。王西巴猛喝了一口酒，说，你知道她叫什么名字吗？我摇摇头，他说，她叫陈云。陈云？我吓了一跳。王西巴点点头，从右口袋掏出一张皱巴巴的小卡片，递给我。卡片上印着“陈云”两个字，下面是一行电话号码。我冷笑了一声，说，你真是傻×，这一看就是假的，你都能信？他干笑了几声，说，那你到底是不是陈云？

我转过头不再看他。

我还是好奇，于是决定回去会一会这个假陈云。

镇子更热闹了，对我而言却仍停留在那一晚。我来到镇中心的街上，在水果摊面前遇到了梁霍达，她正在挑苹果，仍旧戴着那副眼镜，似乎又长高了一些，也胖了一些。她疑惑了一会儿，激动地跑上前，我的名字迟迟没有从她嘴里出现，她紧紧拉着我的手。那一刻我几乎想起了发生在这条街的所有事情，便利店还是在那个巷口，只不过已经换成了别的名字，马路边停满了车，镇子上刚下过雨，路灯在路上反射出浑浊的光。我和她并肩走了五六百米，她突然说，你这几年过得还好吗？我点点头，没有说话，因为我也不知道怎么才算好。她又问，你要不要去趟电影院？我说，青山吗？嗯。她点头。

这个头点得让我很不舒服。

这时我面临一个选择，不远处就是我曾经的家，我看到我的房间漆黑一片，我不知道他们是否还活着，就算还活着，是否还愿意再见到我。我考虑了片刻，最终还是选择了梁霍达的提议，我跟着她走了五六百米，在一个熟悉的巷口停了下来，巷口的那个巨大的垃圾箱仍直挺挺地矗立在那儿，垃圾堆的气味让我想起那个男人，他至少让我度过了一年的美好生活，刚同居那会儿，我没有他家里的钥匙，无数个夜晚，我在这儿看着月亮升起，等待他。这个垃圾桶对我意义重大。

在前往电影院的途中，我在脑海里构筑着即将发生的事情。我突然听到有人在叫我，我并不认识他，我仔细观察了一下那个人，发现他是朝着梁霍达打招呼。那人走了以后，我问梁霍达，那人是叫你陈云吗？梁霍达变得有些紧张，她点点头，说，你走了后没半年，学校里就出现了好多关于你的传言，有人说你殉情自杀，成了鬼，也有人说你跑非洲参加了红十字，得病死了。总之你最后成了学校里的红人。你也知道，我是最后见你的人，后来有人自发为你设立了一个纪念日，叫沉云日，每隔几年，都会在这一天选出一名"陈云"。我是第一任"陈云"。

这也太可笑了。

我们没再说话，沿着路一直往南走，也是熟得不能再熟了，电影院附近还是老样子，居民楼上的爬山虎把整个小区绕得密不透风，四周的几棵梧桐仍然半死不活地竖在那儿，空气中弥漫着公厕的味道。我懒得多看一眼。梁霍达把我带到售票处。嘱咐我进去后找男厕所里的一个暗门。我问她为什么，她神色漂移，说，如果有人问你，你就说大风太大。她说完这些话后，又像从前那样，急匆匆地离开了。我不以为然，像从前那样，一个人买了票，进了电影院，果然，我在男厕所的角落里找到一扇门，那木头门摇摇欲坠，我推开门，门后是一条漆黑的过道，过道的尽头又有一扇门，门缝里头透着些光。我走了进去，房间里摆着一张木头桌子，靠里侧的椅子上坐着一名大学生模样的年轻人，大学生浓眉大眼，像是韩剧里的男主角，他此时神色警惕，双手交叉环抱，身后放着一个神龛，神龛下的一个牌子上写着“有求必应”。我想起梁霍达，张口就说，大风太大。他才稍微放松下来，说，你来早了，先坐吧。我没跟他客套，从角落抽了张椅子出来，坐了下来。我说，我是来找陈云的。大学生说，哦，在这，我们都叫陈云。我问，什么意思？大学生回答我，你不知道游戏规则吗？我摇头。他有些不耐烦，说，今天正好是选下一届陈云，在选之前，所有来这里的人都是陈云。我有些惊讶，告诉他，我就是真正的陈云。大学生有些惊讶，说，不可能，真的陈云早就死了。我急了，说，她非但没死，还活得好好的。大学生扑哧一声笑了出来，说，你别信口开河，你怎么可能是陈云。就算你是，撑死也就是个山寨货。我说，那你倒是说说她怎么死的？大学生有些心虚，摸了摸鼻子说，听说是跳什么瀑布死的。其次，你有什么证据说你就是那个陈云？

我想了想，整个人都在颤抖，站了起来，嘴巴动了动，我想说些什么，又不知道该从何说起。

大学生跷着腿，嘲讽地看着我，说，就算世间有千个万个陈云，也轮不到你。

话音刚落，门外传来一阵脚步声，一名中年男人推门走了进来。那中年男人一脸困惑，看着我，问道，又来一个新的陈云？我趁机就赶紧跑了，我在走廊里隐约听到“神经病”几个字。

出了电影院后我开始感到失落，陈云这个名字就像一个印记，而现在，这个印记好像不再属于我，这种感受又变得虚无缥缈，我甚至一度怀疑，我到底是谁？天空完全黑了下来，月亮渐渐升到正空中，飘起零星小雪，我看到成群结队的年轻人走向青山影院。那群人走得很慢，像一群受难的僧侣般沉默，蜡烛和花被郑重地放在路边。带头是个多管闲事扎着马尾辫的女孩，她看到我手上什么都没有，于是把手中的蜡烛递给我，她说她还有多余的。马尾辫穿着一身白，纯洁无瑕，像一个天使。我没领情，转身就把蜡烛吹了。马尾辫也不介意，她微微一笑，从口袋里拿出打火机，递给我，说，今天风大。随后，她又递给我一张红色打印纸，说，愿陈云这一生安稳、自由。

我展开打印纸，上面印着四个大字："爱的真谛。"下面写着："我们如今仿佛对着镜子看，模糊不清。到那时，就要面对面了。"句末是我的名字"陈云"，最下头还配了一张天使的照片，那天使的脸P了个漂亮女人的面孔，那女人闭着眼睛，安静平和，一副要死了的样子。

我没走几步，又掉头返回。那女孩在我前头缓缓走着，我紧随其后，走了几百米，她身边的人逐渐散开，我小跑上前去，一把抓住这马尾辫的头发，她吓了一跳，摔倒在地上，我没等她爬起来，便又扑上去，马尾辫吓得尖叫，用手护住自己的脸，我顺手抓起她手中的半截蜡烛，对着她的脸一顿猛砸，她咬住我的手，我吃痛，打得更狠了，她开始哀号，一边号叫一边咒骂我，我才不管，直到蜡烛碎得稀烂，我才喘着粗气停下。我抬起手背，擦了擦脸，发现手上沾满了马尾辫嘴里喷出的唾液，那张“爱的真谛”在扭打中被撕得粉碎，我摇摇晃晃地爬起来，走了几步，回头看马尾辫，她仍旧躺在原地，嘴里喷出深深浅浅的白色气体，像灵魂出窍般向上空散去。

我回到街上，找了家便利店，拿了盒口香糖，结账的时候，我对着收银员身后的镜子整理一下黏在额头的碎发，找了一个位置，坐了下来。在接下来的一刻钟里，我完成了我对人生的思考，等待的时间漫长而又宁静，那是维持了数小时的宁静，我坐在那儿一动不动，看着一波一波的人群从我面前走过，进入巷子里，没有人再记得我，但是所有人却又记得陈云。

大约在五点多的时候，麻雀活跃了起来，我穿上外套，轻轻地带上便利店的门，雪停了，街道空旷，附近的店铺都还没开门，我像个孤魂野鬼般一动不动地站在公交站台边。一辆公交车在我面前停了下来，门刚打开，那里头的司机便骂骂咧咧挥手赶我走，我根本不认识他。公交车里空荡荡，只有靠近后门的座位上坐着一个年轻的男人，那男人紧紧裹着自己的红色羽绒服，他本来是睡着的，我看了他两眼，他像是心有灵犀，突然醒了过来。那公交车的门在我面前关了又开，开了又关，于是那男人的脸在我面前不停地闪现，过了好一会儿，车门才关上，公交车启动，没开出几米，我便看到那男人从窗户里探出脑袋，他大声喊道，你是不是陈云？我没理他，他又喊，你是陈云吧？

陈云这两个字透彻嘹亮，震荡人心。

我面无表情地站在那儿，嘴里的口香糖越嚼越快，他的声音从四面八方传来，我哆嗦了一下，这镇子上发生的一切涌入我脑中，心中突然感到莫名愤怒，我瞪了他一眼，朝他竖起中指。

等我到火车站时，天正要亮，光线从层层叠叠的云中挤出，我看到车站附近一家叫“爱之屋”的礼品店，我还有一些时间，于是我推开门走了进去，店面拥挤狭小，唯独墙角的位置独放着一面镜子，那镜面一尘不染，阳光照上去，反射出刺眼的光芒，我在镜子前愣了几秒，刚回头，便看到身后的桌子上放着一个云雾缭绕的假山小盆景，那玩意儿通着电，水雾沿着顶端的小口子往下掉，落到山脚处，又四散飘去。老板娘从内屋走出来，说，这东西放点水，插上插头就会喷水雾，不仅美观，还能保持湿度，一举两得，老板娘侧眼看我，说，看你眼熟。我忙问，你认识我？她仔细端详了我几眼，过了几秒，她摇摇头，又说，就是想不起在哪里见过的。我告诉她，你以前的店开在一中附近，也叫爱之屋，我常去。老板娘说，哦，原来如此，怪不得。临走，老板娘问我怎么称呼，我张开嘴，却不知道自己该叫什么，她有些疑惑，她又仔细打量了我一下，笑了起来，说，没关系，以后多来。

我上了车，车厢里几乎没人，我随便找了个位置，坐了下来，我一宿没睡，又饿又疲倦，我的头枕在玻璃窗上，路不平，火车时而颠簸，我睡得也不安稳，突然想起那假山玩具，我越想越奇怪，睁开眼，又把那包装盒打开，把假山拿了出来，我把视线移到假山的左侧，咽了口口水，脸紧紧贴上去，眯着眼睛，才看到那里有一块小小的碑，碑上赫然印着“天使瀑布”四个鲜红的小字。我大吃一惊，突然想起了公交车站台的那个穿着红色羽绒服的人，我的内心像是翻起滔天巨浪，某种情绪瞬间就没过了我的头顶。

杀手阿珍

周末的时候，我父亲找我去钓鱼。

我家里曾经是个大家庭，后来大家分出去过生活，平时也不怎么往来。我们以前的街坊邻居都说，我家里的每一个人，都很聪明，比一般人聪明。我们聪明在什么地方呢？就是做事从不被动。我们奉行的生活策略譬如：以退为进啦，以守为攻啦，各人自扫门前雪，哪管他人瓦上霜，等等。

至于我父亲，是我家族里公认的最聪明的人，没有之一。他和我妈谈恋爱谈了八年，就是不肯先说“爱”这个字，不肯低头求婚。因为他说，恋爱中的人，谁先说出“爱”这个字，谁就会在漫长的婚姻里处于下风。结果还是我妈先向他说出了“爱”这个字，并且提出了结婚的要求。我父亲在婚姻中也是步步为营，占尽便宜，从来不落下风。这样的婚姻可想而知。我考上大学那一年，我妈跟着她以前的邻居大哥跑了。我父亲就一直没有再婚。我呢，三十好几了，还是单身一人，甚至都没有谈过恋爱。父母那样的婚姻，怎么影响我，你懂的。

我和我父亲几年没联系，当初我考上大学也是我一个人去学校的。他这次打电话，说话间有些被动的意思，说，我们可以像之前那样去钓鱼，聊天。当然，不想去也没有关系。

我且答应。

野营地位于城外三十多公里，那里有大片沼泽地，我小时候与他去过几次。这次认出他是因为那身大码西装，每当有重要场合时，他便穿上那套西装，远远看到他时，他挤在人群里，垂着头，手里拎着一个塑料袋。我走上前，看到袋子里胡乱塞着香蕉、苹果。我叫了他一声，他打量了我几眼，仿佛有点惊讶，尽力朝我笑了笑，这一笑，笑得像哭一样难看，笑得拘谨，笑得很被动了。从我记事起，我不曾见过他在我面前这么被动。我心里温暖了一下。

他把手里的塑料袋递给我，说，这些水果是别人送的，我也吃不完，就带过来了。他越是若无其事地解释，我就越是判定他在说谎。自他退休后，没有人会送他水果。他没有退休时，与人也不愿意打交道。我没见过别人赠礼物给他。

我们找了一个地方，坐下来，他掏出一张景区地图，在上面选了一个地方，然后大方地问我，这个地方好不好？我说，你既然选好了，还来问我干什么？他有些不开心，说，不问你的话，那就是我做得不对了，要被动了……好了，就这么办吧，我们就到那里去吧。那里一定能钓到大鱼。走，我们去租船。

我一上船就知道会发生什么事，但我也不怕，他无非就是想处处占人先机。

在船上，父子两人面面相觑，我才注意到他胖了，脸上的肉垂下来，看上去苍老不少。他不仅动作变得迟缓，连说话都变得沙哑不清晰。他还少了半颗牙。我不想先问他为什么少了半颗牙。这少掉的半颗牙可能会成为他责备我的原因。

过了片刻，我忍不住地问了半颗牙的事。他告诉我，是有一次喝醉，骑车的时候撞到路灯杆了。我说，你不该喝了酒还骑自行车的。他扭过脸，说，没想到你也会关心我。对于他的夸奖，我很防备。幸而他没有说下去。

这片沼泽很大，他把船停在他选的位置后，开始准备。河边有一艘清淤船，有几只苍鹭大叫着从我的头顶上飞过。这时，清淤船上探出一个脑袋，那脑袋好心提醒我们，说这里钓位不好，钓不到鱼的，我父亲问他怎么知道的，脑袋说他昨天钓了一天了，一条大鱼都没上钩。我父亲听了，开始责备那个人，说，这里肯定有不少大鱼，是你做窝做得不好。那个人就走了。我说，那人看着不像骗人呢。他说，我知道他不是骗人。但我不能对他这么说。这么一说，他就有理了，也许还得在我面前得意一番。我是用话断了他的后路，让他得意不起来。

我想起往事，有些难过。

他突然对我说，活着就要进步，我前几天看见了你妈，和她说了几句话，她怎么一点进步都没有？

我说，她那么大年纪了，进步什么的，不是最重要的。

话刚说完，我就后悔了。“进步”这个词含着无限的广阔性、合理性、主动性。我赶紧想换另外一个话题，但是已经来不及了。我父亲面带得意的微笑，斜着眼珠子看我。我叹了一口气，说，我说错了。哪怕老了，进步也是很重要的。

我知道我并没有说错什么。我不愿意和他争执。我只想把我与他相处的时间，平平安安地过去。

但是我父亲显然不这么想。也许他今天确实是想与我言归于好，看到我以后，他忘了初衷，和以前一样，他急于想否定我。

他说，所有人都在进步，为什么你的想法要与众不同？

我退让了，说，好吧。你说得对。我输了。

他惊诧地看着我，好像不相信自己的耳朵。片刻过后，他从怀疑变成了愤恨，脸色阴沉沉的。沉默了片刻，说，你现在厉害了，以退为进。你羞辱你老爸吗？

我说，我们两个人，总得有一个人退让吧？不然的话，我们怎么和解？你今天不是来和我和解的吗？你要我怎么做？

他思考了一下说，你真想和好，凡事不要吭声。

我小的时候，经常听他对我妈这么说。我站了起来，一脚跨进水里，打算游回岸边。没想到水不深，刚没及膝盖，我心里一慌，蹩了一下，差点摔倒。

他在船上喊道，你怎么回事？别走，我还有话要说。我告诉你，你为什么会变成今天这个模样，不是我的错，是你妈的错。

我转过头，突然看到船身上的爱心，心里咯噔了一下，我动了动嘴唇，不知道自己说了什么，我听到岸边塑料袋被刮起来的声音，他还在那里说着什么，但是我都听不到了。

我一个人先回到野营地边上的小旅馆里。

傍晚的时候，他来敲我房门，我躺在床上，没吭声，他透过门缝，说，你不用怪你自己，明天你什么都不用做不用说，坐在一旁就行了。

我说，明白了。

我睡不着，想到半夜，越想越不明白。我原以为我早已长大成人，可以坦然面对一切，没想到一碰到他，立马又回到了浑浑噩噩的少年时代。我今天才清晰地感到，有这样的经历，我不可能有幸福的未来。我父亲始终存在于我的生活中，以他那种无懈可击的“主动”逻辑，操纵着我的灵魂。

我爬起来，偷跑出房间，在旅馆一楼厨房里偷偷找了一把砍肉刀。那刀又厚又重，把柄上闪着一层油光，看来白天刚砍过什么肉，油光在昏黄的走廊灯下闪闪放光。我拿在手里掂量了一下，很满意。我看到厨房的台子上摆着半瓶白酒，我拿起来，喝了一口，辣得我喉咙冒火，我趁着辣劲还没消，接连喝了几大口。

我向码头走去，他除了自己，什么都不爱。那么他喜欢钓鱼，我就要把那艘船给凿了，让他明天钓不成鱼。这里要说明一下，我这么做完全是很弱智的行为。我之所以这么弱智，完全是我想反抗。我从小反抗我父亲的方法就是让自己经常做弱智的事，别人鄙视地说，你看他的父亲那么聪明，从不吃亏，却生下这么一个笨儿子。简直是报应……每当别人这么说时，我的心里总是涌出报复的快意。

暗黑浸染空气，月光压着大地。此去要穿过小片树林，林里有雾，雾气渗透，丝丝冰凉，路上只有两盏路灯，有一盏还是坏了的。我脚下恍惚，依据着不太确定的某个方向往前走着。到小树林的时候，我听到远处有蛙鸣传来。一阵阵凉风，夹杂着潮湿的腥味。我沿着地上不长草和树的地方跑，酒精让我有些飘飘然，我感觉自己飞了起来，手里的砍肉刀仿佛也失去了重量。白天我不开心，但至少现在我是开心的。这个世界，我对它有点爱意了。

我闻到河水带着腥气的味道，一阵反胃。

我摸出手机，打开手电筒。下午我仔细观察过那艘船，从左往右数第三艘，船的一侧画着红色的爱心，一旁不知道被谁用蓝色油性笔加了一支箭，还故意描了几遍，这就更容易辨认了。

找到船后，我把手电筒打在船沿上，船体受光处反射出妖艳的光线。我找到那个爱心了，我用手反反复复触摸那个爱心，越摸越难受。

然后我爬进船里，挽起袖子，跪在甲板上，开始用砍肉刀砍凿船底，一下又一下，节奏越来越快，快到我有些吃力了。这船看着摇摇欲坠，像是随时都会散架，没想到如此结实。正当我砍得热火朝天的时候，身后传来陌生的声音，是个女人的声音。我还没来得及回答，一束电筒光线便打上来，那声音躲在光线后，问，谁在那里呀？

这声音不仅好听，还充满好奇和热情。好奇和热情的声音告诉我，这个女人是个不设防的人。

我低下头，发现光圈正中我的屁股中缝，我不禁想笑。我回过身，抬起手挡在额头前。透过指缝，看见一个瘦高的轮廓，像某种鸟类，我一时想不起来。我说道，我是来自杀的。那女人说，你不像自杀呢。我看你拿刀在凿船底嘛。你手里那把砍肉刀，是德国产的，世界上最好的砍肉刀。我反问道，你又是谁？深更半夜出来逛，还啰里啰唆的。她说，我是餐厅大厨。我说，你一个做饭的跑到这里来干什么？她好像有些愣，然后有些不屑地说道，你手里的刀是我们厨房里用的。我孩子气地问，你有什么证据？那女人关掉了手电筒，走近河边说，我做了一个梦，梦见我娘死了。我吓醒了，打个电话给我娘，跟我娘说了一番话，就睡不着了，出来走走，正好就看到你拿着砍肉刀走了出去。我还特地回头检查了一遍，就少了一把砍肉刀。你跑得倒是飞快，就差没飞起来了。

她的话比我还要孩子气。

我看清楚她了，又瘦又高，扎了个马尾，穿一件白色 T 恤和随处可见的牛仔裤。她倒是很干脆，一屁股坐下说，过来过来，坐在我的身边，告诉我你为什么搞破坏？还骗我说你要自杀？我说，我刚凿了没几下，你就来了。不信你可以看看，船完好无损。

她又用手电扫了一下四周，说，这里晚上很危险，有鬼。地面潮湿，你跑那么快，不怕摔跤么？

我带着酒意回答她，摔死倒好了。

她再次邀请我说，你怎么这样孩子气？过来，过来嘛。你坐过来。我最能给别人排忧解难了哦。

她嘴里发出这个哦的时候，轻松肆意，声音还故意拐了一个弯，让我搞不清她到底是不是在开玩笑。

她再一次说道，你怎么这样扭捏？我一个女人，你防备我什么？难道我是鬼吗？

她的话让我百感交集，我在黑夜里心里一酸，差点流下眼泪。

我离开船，向她靠近，问，怎么称呼你？她不假思索地告诉我，她叫麦丽珍。我说，你的名字让我想起小时候吃的一种巧克力……叫麦丽素。她点头，大方地承认说，是的，我母亲也爱吃，所以替我取了这名。说完，她把手电筒插在落叶堆里，光束朝上空打去。我找了船和她中间的位置，坐下来。夏天的河边很清凉，月亮明晃晃地挂在天上，微风像晃动的水草。

草丛吸走了夜晚的寒气，我说，你父亲的姓也很奇特。她笑了笑，说，你怎么知道我父亲姓什么？我有些尴尬。过了一会儿，她说，反正我母亲是对我好的，我母亲……

她头头是道地讲述时，我在一旁看着她，她所讲的一切都极其动人……像麦丽素。

我心情也好了些，说，我也喜欢吃麦丽素。

她点点头，说，男人也喜欢吃零食吗？你是不是还没结婚？

我说，你怎么知道？

她笑起来，说，因为你单纯。

单纯和结没结婚有什么必然联系吗？我问。

她站起来，伸了个懒腰，说，也没联系，我就是瞎猜猜。说完，她思索了一会儿，问，那你叫什么名字？

我犹豫了一下才说，我叫李海洋。

她说，哦，那就叫你海洋吧，你可以叫我阿珍……大家都叫我阿珍……杀手阿珍。我忍住没笑，问，你一个女的还是杀手？她有点不开心，嘴里发出“切”的一声，说，女的怎么了，不行吗？我说，不是这个意思。

我问她为什么取这么一个过气的绰号。

她低下声，问我，你知道人在面对什么的时候才是公平的？

我想了想，说，是爱。

她好像有点不满意，又说，你再说。

我又想了想，说死亡。

她有些激动，说，不对，最公平的不是死亡，有的人想死死不了，有的人不想死却死了。有的刚生下就死了，有的人干尽坏事活到八九十岁。要我说，最公平的事就是面对一个不爱你的人。不爱就是不爱了，大家都一个样，没什么好说的。

她闭着眼睛，身体蜷缩起来。这个姿势看起来像有点秘密藏在心里的样子。我也不说话，就这么看着她的侧脸，像月亮一般清冷。

我于是扯过话题，说，前阵子电影频道还放了杀手片，讲的就是爱与死亡。她抬起头，问，你说的哪个？我说，好像叫《这个杀手不太冷》。她说，哦，那个女杀手，我看过。我回忆了一下，说，你说的女杀手是谁？她说，就是主角。我说，主角是里昂。她又问，谁是里昂？我说，那个大叔啊，你到底看没看过？她轻轻哦了一声，说，老李啊，我知道，但我说的那个小女孩，叫什么我不记得了……很奇怪，我居然记得，我说，马蒂尔德。她噘了噘嘴，说，哦，小马，小马演得真好，真是个天才。我歪了下头，说，你肯定记错了，她不是杀手。阿珍说，这你就不懂了，小马才是真正的杀手。我着急了，说，你理解有问题。她眼睛直愣愣地看着我，说，你着什么急，我问你，老李是不是喜欢小马？我点点头，她又问，那老李是不是愿意为了小马杀人？我又点点头。那老李是不是愿意为小马死？我的头不动了。那小马还不是杀手？她一口气连问四个问题，我一屁股瘫倒下来，她有理有据，让我想死。

我不死心，又问，那你怎么评价《泰坦尼克号》？

她说，爱与和平，个个都喜欢。我喜欢得一想就要笑。

她突然没心没肺地笑起来。我没法适应她的笑，我家里人都很严肃，步步为营。一刹那间，我觉得她的笑也许是个陷阱。

我问，你喜欢里面的杰克吗？

她撇撇嘴，说，金发的男人都轻浮。

我问，那你喜欢什么样的男人？

她说，就像你这样的，很幼稚。

我倒吸了一口气，问，你还喜欢什么电影？

她用手搓揉了一下自己的大腿，说，我喜欢《战争与和平》。

我吃了一惊，问，为什么？

她说，人家做事坦坦荡荡，敢作敢为，没什么心眼。

说完，她掏出盒香烟，抽出一支，点了起来。

我听后再也憋不住，抽搐般笑起来，我说，大晚上的，我们孤男寡女，都聊的什么鬼话。她说，没有比孤男寡女更合适这个话题的了。我问，为什么？她哼了一声，跟别的男人聊这些，他就认为你想跟他发生点什么，其实你什么都不想跟他发生。去他妈的。说完，笑起来。我也跟着笑，问，那你不怕我也是别的男人吗？

她摇摇头，肯定地说，我知道的，你不喜欢我的，至少现在。

我没吭声。

她接着说，我逗你的，你真有意思。

我心里还没来由地猛跳了一下，这一跳让我整个人为之一颤，我甚至在臆想中感到她的手，又软又凉，像是夏日冰凉河水里的柔嫩水草。这时月亮出来了，明晃晃地打在她的脸上，她一下变得清晰起来，我才发现，她远比我之前在手电筒里看到的模样要漂亮，皮肤虽然有些黑，但却十分健康。可是我又想，这是不是我对她感兴趣了？情人眼里出西施。

她换了个更舒服的姿势，说道，我之前谈的几个，都没超过半年，没啥意思。大家一碰到一起，就掂斤掂两，什么都要衡量一下，大家都不肯吃一点亏，连情绪都不能多付一点，这有什么乐趣？我说，也不是只有乐趣才能成为判断标准。她说，及时行乐，不好的回忆何必当真？我说道，怪不得叫你杀手，真是狠哪，杀人于无形。她看着我，说，真有那么一个人，有许多理由要我去杀，我真的会去杀。

紧接着，她从裤子口袋里掏出一个塑料袋，里面裹着几块桃酥，递给我，问我吃吗。

我说，我不吃。既然你敢杀人，要不你帮我一起把船凿了吧？她说，你不怕你父亲出事？我等着她这句话，我立马说，你才是幼稚，凿了哪还能淹死，船一下水就漏了，人都不会上去？她缓缓点了点头，把最后一块桃酥塞到嘴里，问，你为什么这么恨你父亲？

她这句话，把我的眼泪问出来了。眼泪淌出来后，我内心一片安详，甚至有点幸福。这个阿珍，我在她身边有了安全感，她真是个神奇的女人。我想了想，怎么回答她的问题，然后说，我从小到大，我父亲都对我使用冷暴力。

她说，我不相信。我爸也不喜欢我，但也不伤我。大部分的父母亲对儿女都是不太喜欢，也不会伤害。不过，我以后要是有了儿女，我会把他们宠得上天。

说完，她站起来，活动了一下脖子，扭了扭胳膊。谈到儿女，我就换了一个话题问，你天天待在这里，岂不是很无聊？她嘴角扬起来，说，不无聊，挺开心的。这戳到我的痛处了，我问，怎么开心了？她说，至少不孤单。我说，哦，那你换了多少男朋友？她说，不多，也就七八个。我脑袋嗡了一声，说，那我挺佩服你的。她听了我这句话，似乎有些疑惑，注视着我，说，那些都是王八蛋。我叹气，说，我感觉自己的人生就是破碎的。她说，没有人是完整的。我揉了揉眼睛，问，何以见得？她说，你父亲以前对你不好，那是他不懂得爱。既然不懂，你还去想这个事情干什么？要么你干脆点，把他的船砍个洞，让他不高兴。

我说，我是想这么做，但是这么做有什么意思呢？

她说，有没有意思，做了才能知道。

我说，我觉得这么做对不起他。

她问，那你到底想怎样？照我看，你的人生不幸福，完全是你自己搞出来的事。有一句话怎么说来着？就是有一部电影，里头说，与其咒骂黑暗，不如点亮蜡烛。

我说，蜡烛点燃，黑暗也就不远了。

她说，暗黑来了，黎明就更近了。

我问她，你这么好的人，为什么叫你杀手阿珍呢？

她说，我有什么好的？我看你才好呢。现在像你这么好的人不多了。你聪明、善良，长得也好看。

我长这么大，从来没有听到过这种肯定的话，母亲不说，是疲惫；父亲不说，是防备；别人不说，是无所谓。

她轻轻笑了，站起来，伸了个懒腰，嘴里哼起歌，身体也轻微摇摆了起来。

我有些不好意思。

但她走了。

我也回旅馆了。

刚睡下，远处突然传来着急的喊叫声，着火啦！着火啦！声音层层叠叠，顺着风传来，我急忙站起来，回头朝着火的地方望去，一束火焰照亮黑色的夜空，蹿到半空中。那是我和阿珍坐过的地方。我朝那个地方跑去，渐渐近了，火焰吸附在水上，那是一艘船，我想砍一个洞的船，我父亲的船。

好多人都来了，大家的脸色都是兴奋大于害怕。人群中唯有一个人是害怕的，那就是我父亲。于情于理，这时候我都得照顾他。我上前扶着他，把他扶回了房间。他突然靠在我肩膀上，带着哭腔说，是谁想害我？我怎么办哪？我想也没想就对他说，没关系，有我呢。

话一出口，我自己也愣住了。我和我父亲，就这么和解了吗？既简单，又来之不易。我大口大口地呼吸着，唯恐是一场梦。他要是早点表现出他软弱、被动的一面，那我不也早点长大成人吗？

但是现在也不晚。

父亲睡上床，我又回到了着火现场。我站在那里，看着剩余的火光向着相反的方向飘去，慢慢变成更微弱的火星，消失在黑暗中，如同一支燃烧殆尽的蜡烛，彻底消失了。我知道是阿珍。

这场火灾事故无法调查，加上由我赔了钱，事情就算解决了。我父亲来的时候趾高气扬，去的时候沉默寡言。当然，发生变化的不仅是他，还有我。我来的时候满心懊丧，去的时候春风满面。我在第二天就找到阿珍，主动向她表达了爱意。然后我俩顺理成章地结了婚，这种女人现在不好找了。

没有座位的女孩

我读小学的时候，有这么一个女孩。这个女孩，她默默无闻，就如同花园角落里的一株野草。没有人在意她的一举一动。就算谁一不小心和她对上眼，也会立刻把视线移向别处。

女孩姓汪，名晓琦。一米六五的个子。这身高在我们四年级的孩子中，属于少见的高个子。齐肩短发枯黄蓬松，死鱼眼，眼白多，眼黑少，瞳孔小，鼻梁是塌的，毫无光泽的脸，整个人就是一副营养不良的样子。她笑的时候，两个嘴角夸张地翘起来，一看就是刻意做出来的。她跟人说话时，佝偻着背，头不断地前倾，直到她的视线与你平行为止。她一定没想到，这样过分地谦卑，反而让她更难看了。

我运气不好，在四年级刚开学没多久就坐到了她的前面。她一想跟我说话，我就假装认真学习。她呢，故意在我面前来来回回地走，又或者在我边上唱歌，抑扬顿挫还故意跑调。总之，她想方设法吸引我的注意力，这让我觉得她有点不正常。偶尔她还会一个人坐在椅子上自言自语，此情此景，让我更加尴尬，她不仅让自己成为笑话，还让我暴露在别人的视线之下。

我头一次与汪晓琦交谈，是在她坐到我身后四天后。那天下午放学前，窗外眼看就要下大雨，我盯着窗外那片逐渐变黑的天空发愁。我没带雨伞。班主任还没走出教室门，我的屁股就已经离开凳子。我缩起头颈，压低身子，做出预备冲刺的动作。突然我的后背被人重重地拍了一下，我吃了一惊，回头一看，只见汪晓琦也压低了身子。更夸张的是，她的脸都快贴到桌子上了，屁股抬得高高的。她的鼻子边上还有没擦干净的鼻涕印。她自以为是地问我："刚刚老师布置的作业是什么？你跟我说说呗？"我回答："去你的。"

外头下雨了，我一心想快些回去，压根没听刚才布置的作业。现在她嗓门太大，导致教室一下子嘈杂起来，"什么？"她没有听清楚，把头往我这里靠了靠，然后掐了掐我放在桌子上的手，谄媚地对我笑笑。我不喜欢女孩子掐我的手，也从来没有任何女孩子这么不正经。

我眼神盯着门外，不理她。

她看我不理她，又拍拍我的肩膀。我没回头。她就继续拍，我越是不理她，她拍得就越是快，到后来就跟敲鼓一样，力道也越来越重，直到我痛得跳了起来。

"滚你的！"我生气地回答，刻意把自己的声音也拉得很高。

她盯着我的眼睛，一点也不生气。这是个什么女孩子啊？

“你当我是鼓吗？”我瞪大眼睛问道，口气缓了下来。

“你就当一回鼓吧。”她说。

我郑重地对她说：“你能不能正常点？”

“那上午布置的英语作业你知道吗？”她语调低了下来。我不忍心，叹了口气，趁别人没注意，把英语书偷偷放到了她的桌子上，催促道：“你快点看，就要下雨了。”

她看到我把英语书放到她桌子上，顿时喜笑颜开，对我说：“你等我一会儿，我带伞了，我们一起走吧？”

我摇摇头。心想这人还真是奇怪。是的，这人很奇怪，奇怪到被人瞧不起。

起初，对于汪晓琦，大家仅仅是无视，没有人关心她在做什么、看什么、说些什么。她除了邋里邋遢，成绩差，讨人厌以外，没有值得让人注意的地方。后来发生了一件事，让大家更厌烦她了，对她的鄙夷也到达了顶峰。

记得当时是六月底，气温达到了三十八摄氏度。下午第一节课是体育课，紧接着的是语文课，整个教室都冒着热气，连桌子都是滚烫的。语文老师在讲台上费劲地讲课，忽然前面就有人说，放屁，放屁，臭死人啦。马上后排就有同学说，我们后面更臭。我转头看见汪晓琦好奇地左右张望。有一个女生朝汪晓琦指了一下，全班级的人就都盯着她看了。

本来让人昏昏欲睡的一节课，大家都像一摊泥一样瘫倒在桌子上。一瞬间，整个教室都弥漫着兴奋和激动的情绪了，响起了嗡嗡的声音。

我盯着汪晓琦，想看看她什么表现。

她脸上像什么都没发生一样，从容镇定。但我看到她举起了一只手，那只手微微颤抖。她的桌子上堆着高高的一摞课本，她的那只手就在课本后面用力举着，那手笔直得，充满着不容置疑的力量。在我的印象里，只有好学生才会这样用力地举手。因为太用力了，汪晓琦的手指头都向外侧微微弯曲而颤抖。我心想，何必这样呢？

天太热了，而且老师刚抄了半面的黑板，根本不愿意搭理我们，对着黑板说了一句：“臭什么呀？臭死你们。”

汪晓琦就这么定定地坐在椅子上举着手，身边充斥着大家窃窃的笑声。我替她着急，但是我可不敢站起来替她发言。

我怕我站起来后，大家会把我和她归为同一类人。

教室里，老旧电风扇发出嘎吱嘎吱的声音，我们头顶的热气被电风扇的气流搅得四散飘逸。

坐在我边上的郑某某扭过头来，对我说：“汪晓琦，脑子不对吧。”

我有点犹豫，但还是点了点头。心想，如果她真的脑子有问题，我倒是不能老骂她。

教室里的动静越来越大，我们的老师脸圆圆的，绰号刘大饼。刘大饼侧过头，用余光扫了一圈教室，她总算有了怜悯之心，点了汪晓琦的名字。

汪晓琦飞快地站了起来，坚定地说：“老师，班级没有臭味。”

刘大饼皱着眉头说：“大家都说你，你还是去厕所吧。”她说完又回过头去抄黑板了。

汪晓琦还是举着手。她四处张望，想寻找同情她的人，但是没有一个人与她的目光相对。大家笑着，窃窃私语，间或瞄她一眼。她无奈地放下手，沉默了一阵，站起来，迈着碎步跑出了门。

我对她的反感始于她迈出门的一刹那，她其实没有放屁或拉屎，班级里真的没有臭味。天真的太热了，大家都很烦躁。在这种烦躁的情形下，会有莫名其妙的事情发生。不出意外的话，她是个牺牲品。但是她应该反抗的，至少她没必要顺从，她的小心迎合让我心生厌倦。

她走之后，几乎全班的人，都无声地雀跃起来。班上的矮个子刘某趁着刘大饼回头的空隙，站起来朝着汪晓琦的椅子上看了看。“什么都没有。”刘某失望地对边上的人说道。

“那你闻闻去。”不知道谁出了个馊主意。

矮个子刘某才不去，他又重新坐了回去。

即使没有真的拉肚子，也并不影响大家对汪晓琦的厌恶。

没人再愿意和她坐在一起，她的座位从我身后调到了教室后门的角落边。那个地方，被我们称之为“百慕大三角”，那儿终日见不着阳光，黑漆漆的，如同一个无底黑洞。她被调到那儿去以后，桌子上永远都摞着厚厚高高的书本，她就藏在那些书本后面，永远不露面的样子。光线好的时候，她躲在阴暗处，大家也注意不到她。只有当下雨、打雷的时候，天空乌黑一片的时候，打开教室的日光灯，才会注意到，她一个人孤零零地坐在角落里。她的发尖在书堆后面摇摇晃晃，像一株枯萎的野草。有时候她看到我偷偷看她，会把嘴角翘起来，无声地笑笑，仅此而已。她再也不发出很大的声音了，连说话都不愿意。

大家都很忙，“臭味事件”就这么过去了，没人追究这个事件对汪晓琦的伤害，或者说，伤害她大家都觉得无所谓。

不知道为什么，我对她有了一份歉疚。有时我回过头去，视线无意扫到她，不再回避她迎合上来的目光。

既然我不回避她，汪晓琦就开始了对我的接近。那一阵子，我的课桌里经常会有她写给我的纸条，纸条上问我喜欢恐龙战队吗？喜欢喝酸梅汤吗？喜欢还珠格格吗？……这些我都喜欢，我承认汪晓琦很聪明，她知道我的喜好。

我从不理睬她，但她不管，她会带一些恐龙战队的贴纸，趁没人注意的时候，扔在我的课桌里。到四年级下学期，临近十月的时候，有一天放学前，汪晓琦对我说，她家有一本恐龙战队的图册，问我要不要。

我警惕了起来，没有回答。

汪晓琦见我犹豫，趁热打铁，接着对我说，这画册是她亲戚送给她的，亲戚说是从日本带回的，原装进口。

我没再多想，立马答应了下来。但她也不给我，对我说，那画册在她家里，让我下周一六点在巷口等。

我心里头想，去就去，我才不怕。

那天早上少见地起了晨雾，这雾气和以往不同，又浓又厚，还夹杂着早饭的香味。六点整，我背着书包，一边吃大饼油条，一边在约定的巷口等着汪晓琦。起初还能看见巷中若隐若现的人影，没想到这雾气不仅没变稀薄，反而更加浓厚。身边的一切变得虚虚实实，空气中飘浮的细小颗粒轻轻地撞击在我脸上，四周传来熙熙攘攘的声音，又难以看清。这种虚虚实实的感觉直到我身边的雾气突然被搅动起来才停止，一个人急匆匆在我背后出现，又猛地消失。我有点莫名地害怕，不敢再继续等下去。我记得汪晓琦跟我说过她家门前有一条细细长长的石子路，门口正对着一棵半死不活的大柳树。

但我哪知道这棵半死不活的大柳树在哪儿。

我冒险进了巷子去找那棵大柳树，找来找去也没找到。还好到了六点半的时候，天变亮了，雾气散开，整条巷子清晰起来。我后脑勺突然被人用力地拍了一下。我回过头，发现是汪晓琦，我叫道："不守信用的小娘们儿。"

她竟然还好意思笑，对我说："我五点半就起来了，我妈骂了我半个小时，我爸骂了我半个小时。"她指了指巷子前头的拐角处，对我说，前头一拐弯就是她家了。果然一到前头，我便看到了那棵大柳树，那柳树也正如汪晓琦所说，光秃秃的，上头挂着几片叶子，不知是死是活。

她指着柳树对我讲："这柳树是我干爹，逢年过节，我爸总要我在这棵柳树前磕几个响头。我爸说，这样可以保我一辈子富贵。但是听我妈说，我爷爷也让我爸从小在这里磕头，磕了几十年，直到现在，也没见他哪里富哪里贵了。”

“你看。”汪晓琦把我拉到柳树前，指了指一道刀痕，对我说：“这一刀，是我爸妈吵架的时候，我妈从楼上拿了菜刀下来劈的，她说这柳树不吉利的，保屁个富贵，砍了才好。”

汪晓琦一边说，一边用手在刀疤上抚摸，说道：“我这可怜的干爹。”

我心想，这家人真是吓人。

我不愿意再等下去，催促汪晓琦带我上了楼。她家的门是褪了漆的，看上去坑坑洼洼的，上头胡乱贴着两三张小广告，旁边放了好几袋垃圾。汪晓琦踢了一脚门，门吱呀一声打了开来，迎面扑来陈旧家具的气息。屋里很安静，光线不太好，汪晓琦走进了家门，指了指沙发，自己直接往里屋去拿画册了。我以为家中没人，就在客厅的布沙发上大大咧咧地坐了下来。坐下来仔细一看，我心里吃一惊，实在是太乱了！沙发上扔了一条女人的破旧短裤，一只用过的碗放在沙发角落里，我屁股边甚至还有一只破了洞的袜子。我正犹豫要不要站起来，就听到她妈在厕所里头喊：“汪晓琦，是不是有人进家门了啊？我等会儿再出来啊，我屎拉不出来。”

“我同学。”汪晓琦扯着嗓子回应道。

“哦。”里头的声音有点心不在焉。

片刻，卫生间的门打了开来，她妈穿着一件睡袍从里面走了出来，对我说：“今天一早上，柳树上就有喜鹊叫，原来是你这位贵客啊。”她妈有点驼背，干枯的黄发跟汪晓琦一模一样。

汪晓琦对她妈讲:“你还是到卫生间去继续拉屎吧。”

“我们汪晓琦朋友少,跟她爸一样。”她妈一边跟我说,一边把沙发上的杂物一股脑抱起来,扔到脚下。我听到里屋传来脚步的声音,以为是汪晓琦,回头一看,发现是一个满头白发的中年男人,那男人不停地咳嗽,轻轻重重,急急缓缓,让人分不清到底是不是真的在咳嗽。

她爸看到我,脸一紧,站在原地,盯着我的脸看了好一会儿,冷哼了一声,对汪晓琦妈说:“我们不要朋友的,现在这个世道,谁都不需要谁。”

汪晓琦在里屋里喊:“我要朋友,没有朋友的话,即使富贵了,人家也不理你。”

她的喊声,稚嫩而干净,十分打动我。

“快过来吃饭,别让你同学等你。”她妈说。我看得出她妈妈的神色有点假惺惺的。

“你们别管我。”汪晓琦在里头回应。

汪晓琦爸爸对我说:“我们希望汪晓琦少交些朋友,现在社会乱七八糟的,朋友多了,影响学习的。”

我听他爸这么说,慌乱地点了几下头。我想了一想,镇定下来,说:“汪晓琦在班级里没有朋友。”

她爸轻描淡写地说:“没有朋友才好呢。”

我还想告诉他汪晓琦为什么没有朋友,但汪晓琦爸爸一脸的不耐烦,我也就闭上了嘴。

这时候,汪晓琦从里屋出来了。我一心想快点离开,一下子站了起来，没跟她爸妈道别，飞快地跟着汪晓琦走出了她家门。

我刚跨出她家的门，她妈就把门砰的一声在我后面关上了。

“给你。”汪晓琦从书包里掏出了一本小人书，我急忙抓了过去，根本不是什么恐龙战队，也不是从日本带回的原装进口，书名竟然叫《恐龙战队大战奥特曼》，一看就是国内的盗版书。我觉得汪晓琦戏弄我，她浪费了我一个早晨的时间，为了来拿她这本书，我放弃妈妈的早餐，还对我妈撒了谎。我胸中泛起一股无名火，我瞪着眼睛，把书扔在门口的垃圾袋上。对她说，这是假的，你自己留着吧，鬼才要看。

汪晓琦怔了怔，她没想到我会这么说。她说：“我没有骗你。”

“我不该对你抱有希望。”我没等汪晓琦说话，甩下了这句话以及一脸失望的汪晓琦，扭头跑了。

我从此不再理睬她，直到她五年级中途离校，我们也没有再说过一句话。

她继续沦为全校的笑柄。有一回，我看到她在操场上追着别的班级的女生，那女生一边跑一边尖叫，汪晓琦手里抓着一把五颜六色的橡皮筋，一边追一边喊：“你不是喜欢橡皮筋吗？”

她想尽了一切办法，仍旧一个朋友也没有。

那是四年级的下学期，临近期末的一节美术课，美术教室里有四大张桌子。大家都挑关系要好的朋友坐在一张桌子上。汪晓琦坐在我斜对角那张桌子上。以往每到美术课，她都会非常开心，来回扭着头，似乎在和别人聊天。听到开心处，便发出响得出奇的声音。那天汪晓琦一反常态，非常端正地坐在座位上。大家和往常一样，都在偷偷说话，没人注意到她。后来她向老师举起了一只手，和往常一样，老师在忙着，没有理会她。她放下手，脸变得又红又涨，胳膊肘死死地撑着桌子，身体开始发抖。

她身边的人这才注意到她奇怪的反应，扭头看了她一眼，视线从她的手往下移动，到了她屁股那里，那眼神瞬间充满了诧异。

原来不知道谁恶作剧，上课前把汪晓琦的椅子偷偷藏了起来，她就这样坐着一只幻想中的椅子，坐了整整半节课。

美术老师扔下粉笔，问她："没有椅子，你是怎么坐着的？"说完还走下讲台跑到汪晓琦身后确认了一下。

此时汪晓琦已经站了起来，为了证明自己没有撒谎，又当着美术老师的面，重新又模仿之前的动作坐了一遍。她弓着腿，屁股翘起来，腹部用力往里吸气，摆出正坐在椅子上的姿势，仿佛屁股下真的有一只凳子。大家都跑了过去，就像看小丑一样把汪晓琦围了起来。她的动作实在太可笑了，教室充满了欢声笑语，连汪晓琦自己都忍不住笑了起来。

"哈哈哈哈。"她笑得有些尴尬，不小心倒抽了一口凉气，差点噎到自己。

男老师满脸疑惑，他不明白汪晓琦的行为，但是他似乎也不愿意多管闲事，于是对汪晓琦说：“你拿我的椅子坐吧。”

“谢谢老师。”汪晓琦神情快乐，仿佛刚刚的事情并没有让她感到尴尬。

这时候，我们班级最漂亮的一个女生——沈倩，站起来说：“汪晓琦，你不能坐老师的椅子。你就是个笑话。”

汪晓琦说：“哦，好吧，那我就不坐了。”

她像刚才一样，弯着腿，撅起屁股，坐在她那只想象中的椅子上。

还没下课，汪晓琦便有了一个新的绰号，叫“浮空妹”。

没多久，“浮空妹”成了远近皆知的“名人”。我有一次上补习班，外校的同学竟然问我，“你们学校是不是有个叫浮空妹的？她真的不需要椅子就能浮在半空中？听说这个人，又丑又叫人讨厌。”又有一个马尾辫女孩凑过来说：“我们那里叫她无座女。听说她一到放学，教室没人的时候，就一个人蹲在教室的角落里一动不动，然后就会浮起来。”议论到最后，一个长得健壮的男生说：“屁，你们给她脸上贴金了，她就是一个小丑而已。哪里会浮到半空中。”

“对了，你不是和那个女孩一个学校吗？”临散场的时候，马尾辫对我指一指，问：“那个小丑到底叫‘浮空妹’还是‘无座女’？”

“我不认识她。”我说。

五年级开学不久，她就消失了。没人关心她去哪里了，我也不去打听她的行踪，后来一次家长会上，我听到有家长私底下问班主任，关于那个叫汪晓琦的，家长担心自己的小孩成绩受那个“浮空妹”的影响。班主任解释说她随父母去了外地，我听到家长嘴里呼出长长的气，如释重负。

班级仍旧是从前的样子，她在与不在，都一个样。上学、放学，嬉戏、打闹，她从大家的记忆中消失了，她就像一阵风，来去匆匆，没留下任何痕迹——但这都是假象，她的形象一直留在我们的记忆中，没有人真的忘了她。

而我对她的印象更深刻一些，不是因为我们转瞬即逝的友谊，而是我在高一的那个暑假时，在去蓬莱的渡船上又遇见了她。

她那冷漠甚至有些厌恶的神情让我记忆犹新。

那天风很大，冰冷的海浪一下下推着轮船。她站在轮船的甲板上，一身格子花纹连衣裙，裙子顺着船体的晃动而轻微摆动着。只是那连衣裙松松垮垮，裙摆又长，几乎触及地面，看着非常地不合体。海风灌进她的衣服，让她的衣服迅速膨胀起来，过几秒就又像泄了气的皮球紧紧贴在身上。她不再像以前那样难看——我的意思是，她的头发变得长而乌黑，身形也不似以前那样单薄，细看之下她的头上还绑了一根粉红色带茸毛的皮筋。似乎是因为海风有些寒冷，她脸色阴郁而冷漠，身体四周散发出一种阴冷的气息。看第二眼的时候，我几乎已经确定她就是汪晓琦。她发现我在看她，于是用冷漠的眼神回应我。

“汪晓琦?”我朝着她的方向喊了一声。

她一动不动,脸上依旧没有任何表情,像是一尊石像。要是换作在小学那会儿,她一定会傻笑着向我这儿跑过来。但是此时此刻,她摇了摇头,指了指海上依稀可见的蓬莱岛屿,嘴唇颤动,朝着我的方向说了几个字。我还没听清,她便飞快地走下甲板,朝着另一条过道走去。她走路的时候,胳膊笔直地贴在两侧,就像是飘着的女鬼。我没听清她说了些什么,呆呆地杵在原地,她的行为让我害怕,如果她不是汪晓琦,那她又能是谁?

莫名其妙地,一股咸腥的海浪拍打在甲板前,水汽在空中四散炸开,有一滴落到了我的嘴里,咸咸湿湿,像是眼泪的味道。我擦了擦嘴,又吐了口口水,抬起头发现汪晓琦已经不见了。

我看着前方空空荡荡的甲板,远处褐色的海水与天空连成一条线,仿佛是一条未知的道路,通往未来。它离我们那么远,又这么近。她被牢牢困在这条路上,就像地缚灵一样,这个世界已经没有她的容身之处了。

接下来的十几年里,我再也没有遇见过她,也再没有见过像她这么奇怪的女孩。

前阵子小学同学聚会。到场的四十多人,大家结婚、生子,成家立业。有钱、有权的,无钱、无权的,见面握手、拥抱,交谈，大家好像没怎么生分。

她迟到了，我想她是有意迟到的。

她像舞台上的演员一样，站在饭店的大堂里，左手挎着一只LV手提袋，右手捏着一部最新款的iPhone6S，手机壳上镶着闪闪发光的水钻。身上穿着修身的迪奥西装、粉色嵌着水钻的高跟鞋。她以前就高，现在个子更高，看着有一米七还多的样子，头发变得乌黑，牙齿洁白、整齐，没有化妆，肤色却白净红润，真是女大十八变，她早已不是年少时的模样。

她的身后还跟着一个司机模样的男人，亦步亦趋，扶着她的胳膊肘，她手一挥，司机模样的人转身而去，消失在门外。

大家的眼光，齐刷刷地盯着她。沈倩第一个说："哦，原来是浮空妹啊？变成这个派头啦。"她说完就扭头和边上的人说起她女儿的事。

二十多年后的今天，汪晓琦盛装出场。

她在大堂站了一会儿，没人招呼她，只好走到桌子边上，一桌一桌地打量来的人。她走路的时候腰和头颈挺得笔直，像一个贵妇。

她先认出了沈倩，一把搂住沈倩的肩膀说："沈倩啊，我刚从美国回来，刚下飞机，就赶来这里了。"

沈倩回头说："啊，原来是老同学啊，我没认出你来。你一副贵太太的样子是不是发达了？"

汪晓琦说："哪有哪有。我看你们都过得比我好。"

沈倩朝我远远地指一指，对汪晓琦说："你看，那个人以前跟你最好了,你为什么不去找他说话呢?”

汪晓琦很有礼貌地朝沈倩点了一下头,然后朝我这一桌走过来。她走至半路,被一个矮个子刘某拉住了手,汪晓琦吓了一跳。

刘某调侃地说:“你是浮空妹,还是无座女来着?我记不清楚了。”

“我改名了,早就不叫汪晓琦了。我现在叫王子瑾。”说完她从包里抽出一个红色真皮名片夹,递出一张名片。

“不仅改名,连姓都改了啊?”刘某一边笑嘻嘻地说道一边接过名片,看也没看就塞进了口袋。

汪晓琦没再理会他,径直走到我的桌边,对我说:“你还认识我吗?就是没有座位的那个。”

我站了起来,对她说:“我从来没有忘记过你,我们在蓬莱还见过,蓝色格子连衣裙。”

我特地强调了一下她那天的穿着,希望她能记起。

“哦,是吗?我记不清楚了。”她没有犹豫、十分迅速地回答道。

我还想对她说的是,其实所有的人都没有忘记她,她今天不来就好了。但是有什么力量能阻止一个人衣锦还乡呢?

她来得太晚了,已经没有她的座位了。也许是她的一身名牌和她的派头起了作用,有两个女服务员替她张罗加椅子和碗碟。

她在每一桌前都停留片刻,但是又都不坐下。

有人起哄，笑着嚷着说：“汪晓琦现在发达了，不是浮空妹啦，我们配不上她啦。”

“我找算命大师给我改了名，不再叫汪晓琦了。”汪晓琦弯了弯腰，眼神继续往下一桌游离。

然后服务员又端着她的座位和碗碟跑到第三桌。第三桌站起一个男同学，他蹲过局子，判过三年的刑。他站起来吐了一口烟，眼睛半眯半睁，说：“就放我们这边吧，汪晓琦，来，坐我边上，我有话问你。你现在到底在干什么？”

汪晓琦看着他，犹豫着。

蹲过局子的男同学已经耐不住性子了，他紧紧抓住椅子，另一只手紧紧抓住汪晓琦的手，说：“来，快坐下吧。”

汪晓琦坐了下来，说道：“谢谢你让我坐在这里，没想到这么多年过去了，我们大家还能重新坐在一起。”

所有人都愣住了，她这句话没有什么不对，但依然带着少年时的卑微。多年后，即使她改了名字，盛装回归，却撑不起她的新名字和一身好衣装。紧接着，像是为了缓解气氛，有人带头笑了起来，后来大家都笑了起来，那笑声就像火山爆发一样，整个酒店大堂都充满了怪异的欢声笑语。

她有些紧张，深深地呼出一口气，背又弯了些。

“敬我们的昨天！”有人突然大叫一声，神情激动，举着杯子站了起来。大家纷纷跟着站了起来。只有汪晓琦，她似乎被那个人的声音吓了一跳，一时间不知所措，来不及站起来。就在那一瞬间，她整个人淹没在人群里，不见了。

旋涡中的男人

陶林坐在公交站台的木头座椅上的时候，李雁玲已经不见了。

风轻轻地蹭着他的后颈，像一只慵懒的黄猫。在这初春的夜晚里，一切都变得不安分，就像他本想在今天彻底拒绝李雁玲。但他又有些犹豫，李雁玲对他的感情，在学校里是人尽皆知的，不仅同学、老师知道，连清洁工大妈都知道。

学校里有人传言，说李雁玲要在这个周日对陶林告白。

路边水果店里头传来收音机的声音，是王若琳翻唱的《亲密爱人》，歌里唱道："今夜还吹着风/想起你好温柔/有你的日子分外的轻松/也不是无影无踪/只是想你太浓……"女声与初春夜晚的清香以及水果店水果的香味混糅在一块儿。这再次让他想起了李雁玲，以及她平时最喜欢的 Hermes 尼罗河花园香水。

李雁玲是追着他的衣服跑掉的，这简直是个灾难。

他又站了起来，候着远处公交车到站的声音，好几次他似乎都听到李雁玲的声音，抬头一看路面上又一个人都没有了。他想起今天一早在山溪路逛街，人山人海的石子路，李雁玲拉着他的书包带，几次欲言又止，但又没说出口。她似乎对陶林准备告白这件事也是有所感应。两个人谁都没敢轻举妄动，一个人是仍在犹豫中，而另一个人则是生怕打草惊蛇。就这样，磨磨蹭蹭，等到吃完晚饭回到校门口的时候，已经临近九点。公交车在终点站转了个弯，没过几分钟就又从他们身边飞驰而过。

他才发现今天一整天买的衣服都落在公交车上了，一千多块钱，说多也不多，说少也不少。他发现后并没有告诉李雁玲，他知道只要他一告诉，今晚的计划就泡汤了。但李雁玲还是第一时间发现了。她没等陶林说话，把手机、钱包、钥匙各种小玩意儿一股脑儿塞进陶林手中。她眨了眨眼睛，欲言又止，跟着后一辆公交车奔了出去，因为穿着拖鞋的缘故，她的重心有些不稳，衣服上的银色亮片在路灯下时亮时灭，整个人就像黑夜里的一只巨型萤火虫。陶林知道她什么意思，她对他好，是希望得到回应，哪怕大晚上给他追公交车取回衣服，但对于李雁玲来说，这又都是理所当然的事情，是无条件的。

这个插曲对今晚的计划无疑是非常不利的。他本是打算在回宿舍前，也就是周六的晚上，态度决绝地拒绝她，对他而言，他们更适合做朋友。

远处路口的红灯亮了起来，霎时，李雁玲追了上去，用力拍了几下车门，随着司机的谩骂，车门打开了，估计是太着急，她的一只拖鞋从车门处飞了出来。还没来得及去捡，公交车就在陶林的视野里远去了。陶林这才走到十字路口，蹲下去。他捡起粉色塑料拖鞋，发现拖鞋上的塑料珍珠掉落到一旁，于是他又俯下身，把这珍珠塞进了自己的口袋中。他回过头，看着空落落的路面，只有自己被路灯拉得变了形的影子。他有些沮丧地走回宿舍，坐了一会儿，手机仍旧没有收到任何李雁玲的信息，他换了件稍厚一些的黑色外套走出宿舍。此时刚好十二点。

他点了一支烟，在学校大门口站了一会儿，像一根石头柱子，盯着李雁玲消失的路口又发了一会儿愣。他试想过无数种拒绝的场景，但是唯独没有想到这种开场。

收音机里的歌早已经唱完了，此时是主播接通听众电话的时间，打电话的女人操着一口方言“喂喂喂”地喊了好几声后才扯着嗓子问道：“主持人你好，我男人，啊不，我男朋友吧，最初他想要什么我都给他买，连初夜都给他了，他为什么还不喜欢我？我实在是想不明白，主持人你跟我说说，他到底想要我什么？他是不是人渣？”

陶林拢了拢衣领，向着李雁玲消失的方向走去，此趟公交车到达目的地路途遥远，大概需要三个小时，凌晨前或许能到。

总之，他一个人往市区的方向走，时间还多着呢，他慢慢悠悠，像是迟暮的老人。他忐忑不安，想到李雁玲因为他的一时疏忽，而独自在这漫漫长夜里替他追寻衣服时，他更是愧疚，他加快了脚步，往远处黑色的地平线方向走去。

李雁玲性格温柔和善，浓眉、大眼，学校里有不认识的人戏弄她，在食堂打饭的时候起哄叫她小王祖贤的，她也不在意，没过几天便可以跟那些之前并不熟悉的人打成一片。而他们的认识源于公开课上李雁玲问陶林借橡皮，一来二去，他们便开始约着一起吃中饭，陶林也是那会儿开始发现这女孩和一般女孩不太一样，她打扮得体，行为举止既不像寻常青春期女孩那般矫揉造作，又不似有些自称女汉子的女生那样不修边幅。她介于两者之间，就像天然的湖水一般，既不是太干净，也不是太浑浊。这简直就是男生们的梦中情人了，但是陶林始终跟她保持着朋友以上、恋人未满的状态。然而李雁玲并不满足，她想要更进一步的关系来表明自己的立场。于是在大二暑假那年，在某个下午，陶林在邮箱里看到李雁玲的告白邮件，他颤抖着在第一时间写了拒绝的邮件之后，李雁玲突然凭空消失了好几个礼拜，再次出现后，她好像对陶林更热情了，她把自己的闺密、同学、教授，一一介绍给陶林认识。

但陶林就是无法更进一步喜欢她（即恋人间的那种喜欢），没有任何商量的余地。

哪怕他闭着眼睛都能回想起来，在这个位于学校边的小镇上，他和李雁玲在这家烤肉店参加她的同学会，在那一家甜品店见过她的闺密，在店名叫乐园的足疗店和她的新闻专业教授聊了整整一下午的股票形势。而此时，眼前这家门口立着一只棕熊玩偶的宠物店却好像是突然凭空出现的。那只棕熊憨态可掬,手里举着一只放满鲜花的篮子,篮子里居然还有一只小巧可爱的紫色的猫咪玩偶。

他看了下手机,离开学校已有半个小时,路旁开了不到两周便开始枯败的樱花,夹杂初春的风,在这个空旷的小镇肆无忌惮地旋转。这些在白天中被年轻男女奉为拍照圣地的小路,此时却像是电影《青蛇》里空旷无人的诡异小镇。

万籁俱静,空气中生出了薄薄的一层雾气。

就在陶林踏出小镇道岔的那一刻,一个身形酷似李雁玲的女孩鬼魅般地从他身旁穿了过去,像一道明媚的闪电。陶林吃了一惊,他仔细打量了一下,原来是一个长着圆脸的普通女孩,看打扮应该是附近大学的学生。陶林盯着她看,圆脸女孩突然转身,停下步子,陶林有些尴尬,没有看她。圆脸女孩指指前方,冷冰冰地问他:“你去哪儿?”陶林迟疑了一下,环顾四周,在确定圆脸女孩是在对他说话后,出于礼貌,他指了指眼前这条如同黑洞一样的环山公路,说道:“市内。”圆脸女孩仍旧面无表情地说:“哦,顺路,我回学校,听说这座山晚上闹女鬼,专杀负心汉。”她说这话的时候,轻轻抬起头,用小拇指把鬓发撩了撩。

“你呢? 干吗去?”虽然是疑问,但是圆脸女孩显然只是随口一说,她并没有想听到回复。

“听你口音不像是本地人。”

“我是桐城的。”

陶林这才无精打采地抬起眼皮，瞥了一眼这个站在一旁的圆脸女孩。

这是一个地道的小镇女孩，一看就是本地人，中等的个子，微胖，头发茂密，用橡皮筋随意地在后一绑，脸上也没化妆，皮肤有些干燥，脸颊上透露出与年纪不符的自信与随意。她故意把衣领高高地竖起来，遮住自己的嘴。在灯光的映照下，圆脸女孩的眼睛一眨一眨，她往边上的灯柱子上一靠，不屑地说："我听说，桐城的男人对女人特别好。但是具体有多好，我也不知道。"她说这话的时候，整个人停了下来，像在故意等着陶林，一只手拉着自己的裙摆摇摇晃晃，直到陶林走到她前面，她才停下手里的动作，慢悠悠地贴在陶林身后又走了起来。陶林这才看清楚，那圆脸女孩染了一头红栗色的头发，穿着一身普通的大学校服，咖啡色耐克棒球帽子遮住自己的眼睛，更有趣的是她左手拎了一只粉色金属小笼子，里头关着一只虎皮花纹的猫，那虎皮猫脖子上系着一只紫红色小铃铛。圆脸女孩亦步亦趋地跟着陶林，那铃铛便也有节拍似的发出轻微的响声。圆脸女孩打破沉默，她摸了摸笼子，介绍说："这是新欢，这几天老流口水，牙痛，一摸它下巴就痛得直叫唤，估计是口腔溃疡，我不能再等了，于是带它来镇上看病，我舍不得让它住在宠物医院。这会儿刚挂好水。"圆脸女孩一边说着，一边回头，非常随意地指了指身后不远处门口站着棕熊布偶的宠物店，她说这话的时候身子站在远离路灯的暗处，眼睛盯着陶林的嘴，整个人虽然恹恹的，却散发着一种清纯干净的气息。

陶林注意到,女孩脖子上有一小块淡紫色的胎记。

“你这么晚走山路,有什么重要的事情吗?”

圆脸女孩的话让陶林有些难堪,他不想再次陷入关于他和李雁玲关系的纠缠中,想了一会儿,他才开口:“我去找一个人,我承受不了她的感情,所以不想再继续耽误她了。”

“哦?”

“怎么说呢,我们不太合适。”

他一边说着一边从裤子口袋里掏出那颗珍珠,用两个手指捏着,放到女孩面前。女孩把塑料珍珠抢到手中,看了看,摇头,重新递给陶林,说:“奇怪,我还以为是什么名贵的东西,原来是个塑料的假珠子。”

摸过塑料珍珠后,那圆脸女孩似乎稍微热情了些,她说了一会儿自己的猫。她好像完全没有兴趣,也不想知道关于陶林的任何事情。但这冷冰冰的态度却激起了陶林说话的欲望,他把今天发生的事一五一十地对这个圆脸女孩说了一遍。

“你这个人真是奇怪呢。”圆脸女孩用手指拨弄笼子里的猫咪,心不在焉地说,“算了,本来不想跟你多废话。看在你陪我走这段路的分儿上,我告诉你,换作我,我肯定不会这样对你,哪有女的倒贴男的,真是可笑。”

她突然停止说话,把笼子放在人行道上,打开笼门,抱起猫咪,轻轻摇晃。那只猫把头靠在女孩的胸口上,眼睛充满警惕地盯着陶林,嘴里发出轻微的咕噜声,口水也流了下来,滴在圆脸女孩的肩膀上。

“这猫特别黏我，睡觉都要抱着我。”圆脸女孩突然妩媚地对陶林笑了一笑，“那女孩对你这么好，你都没动心？你可别装了。”

陶林也笑笑，不承认，但是也不否认。

“搞不好根本就没有李雁玲这个人。”

“那你没有男朋友吗？”陶林故意岔开话题。

“你看我像是有男朋友的人吗？”她再次停了下来，忽地显出几分稚气来，她扭过头来盯着陶林看，像是想让他再仔细看看她，又歪着头向陶林走近了一步。女孩身上的气息迎面扑来，陶林不由得向后退了一步，和女孩保持正常的距离。

“我不是在问你吗？我第一次见你，我怎么知道有没有李雁玲这个人。”

“真的，她是真的存在的。”

“那你还真是扫兴呢。”圆脸女孩叹了口气，“那她真是可怜，也只有女人才能这么真心实意地去爱一个人。”

她脱下外套，露出贴身的红色薄毛衣，她又用手撩了撩鬓发，嘟哝了一句：“明明是深夜，怎么热了起来。”

这时，他们走进了位于盘山公路上的第一条隧道，隧道里头比外头暖和一些，空气也更压抑些，仔细一看，灯光下飘浮着不计其数的刚出生没多久的昆虫，扑腾着翅膀一次又一次地撞向玻璃罩子，像是飞舞的白色柳絮。有一些虫子会失控从上方掉落下来，然后在地上翻滚了几下又再次向上方飞去，陶林尽量避开这些飞虫，圆脸女孩却毫不介意。此时她身上的味道更浓烈了，是一种柑橘混杂着烟草的味道。既不像男人，也不像女人，他甚至好奇，想摸摸这女孩的脸，不知道她的脸是热的还是冷的。就在他想象的十几秒钟，他们已经走出了隧道，即使他对李雁玲没有恋人的感觉，他还是觉得有些对不起她，于是赶忙把视线移到身旁的公路上。这条路陶林平时坐公交经常路过，公路下是高高的山壁，山下是大片大片的水田，到了秋天，远远望下去，是整片整片的金色海洋，长脚的水鸟在这金色海洋里翩翩起舞。而此时，这里就像是一座死城，一个鬼魅的世界。山下零星的几盏灯火让这条山路显得更加凄凉。而远处与黑夜连成一片的无名山脉，则更显得瘆人，仿佛随时随地就会有个女鬼蹿到你面前。

圆脸女孩的眼珠子微微朝陶林这儿一瞥，有点不屑地说："你看着倒还不错。"她说这话的时候把自己的手指塞进笼子，戳了戳猫，她的注意力又回到了她的宝贝猫咪身上，她一边走一边轻轻哼歌，大多都是不着调的歌。走了十多分钟，圆脸女孩的声音才重新响起，她停在靠近马路的一条岔口上，往里指了指，对陶林说道："我到学校了，从这里走上去就是，今天谢谢你了。"没走几步，那女孩的声音夹杂着铃铛的声音又从陶林身后传来，那声音说道："鬼不会找你，你不用害怕。"

"你叫什么名字?"陶林对这个女孩突然来了兴趣。

"尹水仙。你快走吧。"尹水仙装作不耐烦，抿嘴笑了笑。

她拎着猫笼子，朝着校门口走去，仍旧摇摇晃晃，她边走边掏出了一支烟，点了起来，陶林远远看去，一个红点在黑暗中忽明忽暗。

陶林知道尹水仙故意挑逗他，他心跳加速，又觉得有趣，他朝着火光喊了一声："你是哪个系哪个班的？"等了几秒，火光仍旧在远处一明一暗，没有任何回复。陶林只好继续沿着山路往前走去。

也是从遇见尹水仙那会儿开始，雨滴从黑漆漆的空中落下，伴随着气流忽急忽慢。陶林停了下来，望望如黑洞一般的天空，擦了擦额头，又半蹲下来，揉了揉已经开始发胀的小腿，他摸到那个浅浅的月牙状的胎记。这让他想起李雁玲的钱包里偷偷藏了个月牙图案的护身符，是她从无云观求来的。无云观是桐城出了名的道观，许多慕名而来的小情侣来这里烧香，祈求爱情一帆风顺。李雁玲说这月牙符是连接她生命中重要之人的信物。

想到这儿，陶林又吓了一跳。

正巧，口袋剧烈地振动起来，陶林掏出手机，看了一眼，是陌生的号码，他划了一下手机屏幕，没等说话，便听到那头传来李雁玲的声音。她兴奋中带着一丝委屈，说："你的东西我找到了，我这就往回走，回来你可得请我吃大餐。"陶林竟然有些紧张，电话里传来了几遍"喂喂喂"，他才生硬地问："你在哪儿？"

天空要继续下雨的样子，远处的风传来泥土的腥味。

陶林挂了电话后，扭了扭脚踝，拉伸了一下关节，他长长地呼出一口气，又吸了半口气，反复几次，直到胸腔里的气平稳下去。他跑起来，加速、调整呼吸，他脚步轻盈、动作流畅，俨然一副专业运动员的模样。没有人知道，这是一个秘密，他初中时曾经是校田径队的一员，获得过市田径比赛青少年组的第一名，当时的他被所有人寄予厚望，然而陶林那时正值叛逆期，他不愿过多承受别人对他寄予厚望，他为父亲跑，为母亲跑，为老师、同学，甚至连街坊邻居让他去大门口取个快递似乎都饱含着望子成龙的厚望。他从没觉得自己运气好，也没觉得自己需要对将来有所承担。得完奖没多久，他便借着一次市内的友谊赛，拿了个末尾的名次，赛后对外宣称，脚踝受伤，需要静养一阵子。于是时至今日就再也没有跑过了，只要能走，哪怕是爬，他也不会去跑的，这给他的日常生活带来不少麻烦，又比如说跑几步就能赶上的公交车，他宁愿错过等下一班，也不愿意跑着去赶。

他并不是讨厌跑步，但是他就是喜欢不起来，哪怕跑步对于他来说就像上天赐予他的好事，就像李雁玲对陶林的死追不舍是众人皆知的，陶林说不上讨厌她，但是他心里更喜欢成熟的女性：长相普通就好，那种丰腴体形的，不仅是身体上的，更是心理上的，能被陶林用上丰腴这种词语的女性并不多，他感觉尹水仙就是其中一个。

一切就绪，他又跑了起来，脚下又湿又滑，但他的脚步轻盈，就像这滑入深夜的绵绵细雨，山里传来他脚步的回声。此时已经是凌晨三点，天彻底黑了，彻底地沉寂。空气中出现的细小的颗粒，连同冷空气顺着鼻腔一同灌进他的嘴里，他屏住呼吸，慢慢地吸入，再慢慢地吐出。他越跑越快，身体越来越紧张，内心却是越发松弛，他已不再纠结于此次夜跑的目的，他再也不用去考虑那么多，他越跑越快，那稀稀落落的路灯的光线在他的眼睛里变成了一道道的流星，他就如同一个快速移动的黑洞，吸收着周遭路灯所有的昏暗光线。

他的思路清晰了起来，他想起了尹水仙，她冷漠不屑、拎着猫站在路口的模样，连说话都让他心动，陶林甚至想象，尹水仙坐公交车时，斜靠在座椅上的摇摇晃晃，路灯打在她红润脸庞上时明时暗，而她，眯着眼在黄色的灯光里懒洋洋地摇曳着，连灯光都变得如同阳光一样暖人心扉。

陶林跑着跑着，似乎是产生幻觉了，路的尽头有一个影子在若隐若现，每次快要看清楚是什么东西的时候，那身影便又迅速消失在浓稠的夜色中，那影子似乎也在跑。看得出那影子对于他的存在感到万分恐惧，然而陶林跑得越快，那影子就消失得越快，黑影和人保持着距离的拉锯，像是恶作剧一般，人与影间永远都保持着相同的距离。于是陶林突然停了下来，开始往回走，他悄悄回头，发现那影子也悄悄地往他这里挪动。他又突然回头，那影子也像有了神志一样，猛地也回过了身。他从小到大从不信什么鬼神，可几次你追我赶的游戏后，他开始感到恐惧，干脆就站在公路中间一动不动。他注视着视野尽头躲在暗处的影子，他的面孔上渗着薄薄一层汗水，半夜的凉风吹过，他浑身哆嗦。这一哆嗦，让他情不自禁地往后退了几步，他心里又打退堂鼓了，或许李雁玲已经搭上了回来的出租车呢？自己或许还是应该回去吧？

身后突然传出声音，他一回头，看到尹水仙撑着把雨伞站在远处转角的暗处远远地看着自己，她快步从黑暗中剥离开，在陶林身旁的路灯处停下，她轻轻扫了扫肩膀上的雨滴，利落地点了支烟，吸了一大口，往陶林的脸上喷去，她说："我想看看你怎么样了。"

"我好得很。"

"我怎么不知道呢。"

"我叫陶林。"

尹水仙轻轻笑了起来，陶林才意识到自己的自我介绍没头没尾，于是也跟着笑了。

"你没有必要跟我说你的名字，我不认识你，才愿意跟你说会儿话。"

"你这么晚走这条山路，是有什么重要的事情吗？"陶林记得，他们刚见面的时候，尹水仙也这么问过。

"你怎么了，在想什么吗？"

"我记得，你之前好像问过我这个问题。"

"我不记得了。"尹水仙捂着嘴笑了笑。

"听我的，千万别去。"尹水仙突然说道。

"为什么？"陶林吃惊地问。

“有些话大家都知道，你不说她也知道，你何必去破坏了这种平衡。”接着，她又问，“你了解你自己的真实想法吗？”

“当然了解。”

“既然了解，那你说说看。喏，你说说看。”尹水仙带着追问的口气问道，“你瞧，说不出来了吧，净撒谎。你这个人啊，以为知道自己在想什么，其实你根本不知道你要什么。我们这儿有个比喻说，像你这样的男人就是旋涡男，如果你是女的，那就是旋涡女，跟旋涡男或者旋涡女扯上关系的人都会遭殃，因为你们就像是旋涡一样——以自我为中心，还要拉别人下水。”

“你这么咄咄逼人，我怎么说得清楚呢。”

旋涡中的男人吗？陶林有点眩晕，叹了一口气，回身看了看前方的路，心想，都已经到这儿了，路的尽头是等待他的李雁玲。他又回头，尹水仙的那一支烟已经快抽完了，他怀着悻悻的情绪，重新迈开脚步，摸了摸裤子口袋里的那颗珍珠，珍珠暗淡无光，他随手扔了出去。

“天到底是快亮了，我要回去了。”

他回过身，已经没有尹水仙一丝半点的痕迹，他用力吸了吸鼻子，空气中没有尹水仙的味道。一瞬间，他突然感到极度的孤单和深不可测的悲伤，他猛地倒抽了一口气，终于放松了。

见到市内的那条主干道时，已是凌晨四点，那“鬼影”也正站在了那路灯下。它从模糊的一个小点开始渐渐变大、变清晰，发出金灿灿的光芒，光线映入陶林的瞳孔，四散炸开。

陶林放缓了脚步，眼睛一刻不离地盯着那影子看，正是李雁玲，此刻她正在路灯下发着呆，脸上还留着昨夜淡淡的妆容。她身上披着陶林给买的衣服，脚上穿着运动鞋，一手里拎着陶林的衣服袋子，她的另一只粉色的拖鞋被她扔在地上。她陡地抬起头来，脸上飞起的红潮，透过淡淡的妆容显现出来，她眨了眨眼，觉得不可思议，她大声喊道："陶林，陶林。"

她用手拍了拍装衣服的塑料袋，又兴奋地说道："听说那山路闹鬼？真是奇了怪了，那鬼时而像你，时而像一个穿着校服的红发女子，它跑得飞快，断断续续追了我十几分钟。"说完，她从口袋里拿出了透明塑料纸包着的小袋子，里面是之前在无云观求的那张护身符，她又说："还好我今天特地带了这签，没想到这祈爱情的签还能驱鬼。"她说完又重复了几遍，像是在念咒语一样，她嘴里开始不停地嘀咕，一遍又一遍。

"那你运气真是不好。"陶林打断了她。

李雁玲沉默了数秒，拍了一下手背，诧异地问道："那你是追我的那个鬼？"没等陶林回答，李雁玲爆发出大笑，她笑得眼泪都掉下来了，她扬起脸，双手贴在肚子上，忽然又停止大笑，低下头，擦了擦眼泪。

垃圾桶旁的猫被李雁玲拍手的声音吓了一跳，它一脸警惕地盯着这个半夜站在路口的女人。

陶林可笑不出来，见到李雁玲的那一瞬间，他下决心了。

此时他们两个都已经非常疲倦，此后无话，他们一前一后，像两只归乡的大雁，沿着来时的公路缓缓飞去。浓稠的夜色也开始褪去，取而代之的是青灰色的天空，山上传来鸟的叫声，高高低低，错落有致，像是在梦呓。突然有一只喜鹊朝着天空大叫了一声，那声音如惊雷。树林里，一群麻雀四散飞向空中，一片万物苏醒的景象。陶林听到身后传来李雁玲急促的呼吸声，他听到她叹了一口气，接着听到手在塑料袋里搅动的声音。

"给你，这是在超市的热饮柜台拿的，还是温的。"李雁玲扭开瓶盖，递给陶林。然而这一次不同以往，陶林的确是渴了，一方面是他的确太久没有跑步，另一方面，他知道李雁玲在等待他，他犹豫了，也更愧疚了。他想象着这水透着夜晚的凉气，夹杂着李雁玲手心的温度。他想象着，他大口地喝着，一刻不停，甘甜的水如同瀑布一样沿着他的喉咙飞流而下，一小部分液体从他的嘴角边溢出，剩下的那些，穿过食道，滑入他的胃，像一股寒流，又像一把尖锐的刺刀，这水让他的内心如同大海一样波涛汹涌，又如涓涓细流，最终汇入他的心脏。

他故意把手插到衣服口袋里，没有接李雁玲递过来的矿泉水。

他看了眼站在身旁的李雁玲，此时，她正愣愣地盯着手里的瓶子，又往前推了推，示意陶林喝水。在这短短的几个小时内，他内心彻底背叛了李雁玲，或许是因为自己，也或许是因为尹水仙。他垂着头，那件黑色的薄外套让他看着就像旋涡中的一个垃圾袋，青灰色的天空笼罩着他的面孔，他摇摇摆摆地向前走着，直到天际终于露出一丝灰白色的光亮。

“我不渴。”

她垂下了头。

“你这个浑蛋。”她用非常非常微弱的声音说道。

不知道怎的，雨停了，月亮好像又出来了，因为远处的一小片青绿色的云朵那儿好像投下了一丝月光。

少　年

我有一串项链，与一般项链并无不同，挂坠是一只蝴蝶，琉璃质感，蝴蝶不大，也就玻璃珠大小。我总感觉它有问题，“感觉”这种说法很暧昧，但我只能这么说。

曾经有很长一阵子，我会趁父母出门时，偷偷去翻户口本，再三确认家中只有我一个孩子。不管翻多少次，户口本上清清楚楚的，只有我一个独女。但不知为何，我的第六感就是觉得有。我不是怀疑自己的眼睛，也不是迫切地想要一个兄弟姐妹。

我有一个表哥，在此之前从没见过，听说和我舅舅住在国外。上高二那年，春节，我舅舅回国探亲，他一同回来，那是我第一次见到他。第二天，我舅舅带着我们去了隔壁城市的植物园，不是他要求的，是我那舅舅叫他去，他就去了，我们并没有建立起亲近的关系。并且我又是头一次见我舅舅与表哥，内心拘谨，勉强聊了几句，就不愿再说话了。

蝴蝶室，舅舅当时嘴里是这么说的，表哥便带着我，在植物园到处找蝴蝶室。

在当时这并不常见，光听词语也无法想象出，是正方形的密封房间吗？透明的，光秃秃的，无处可藏，凭空立于地上？我心想，如果是这样，那可真是无趣。但结果出乎意料，那天所见，哪怕连它们缓慢摆动的样子，我都能在脑中重现。

那是一个巨大的金属鸟笼，笼子外又用一个巨大的钟形玻璃罩着，数不清的蝴蝶就在这里肆意地飞舞。四处种满了巨大的植物，不远处还有一个人工瀑布。水汽在空中弥漫，隐隐透出彩虹的光芒，蝴蝶徐徐落下，像裹着糖果，漫天飞舞的彩色包装纸。

这是我头一次见到这样数量庞大的蝴蝶群。

“那……是蓝闪蝶。”他中文不错，指着一株植物上扑腾着蓝色翅膀、外围有着一圈黑色花纹的蝴蝶说道。他突然说话，让我觉得紧张，我不知道该做出怎样的表情，于是走近那蝴蝶，伸出手想碰一碰那色泽饱满的大翅膀。“别。”他喊道。我急忙缩回手，他的声音让我更不喜欢这里了，蝴蝶有蝴蝶的可爱，但肯定不是在这个玻璃罩子里飞来飞去的小生物，这不是真正的蝴蝶。比起猫狗鸟鱼，蝴蝶要放肆多了，蝴蝶与人类隔绝，它们在与人无关的地方，人手无法触及之处，肆意地飞，肆意地活，肆意地死，简直是太完美了。即使被抓住，也不会乞怜或者求饶，就算被做成标本，也保持着高傲的姿态。

“蝴蝶效应，你知道吗？”他问。

我点点头，说：“不就是一只蝴蝶扇动翅膀，引发了一场风暴么？我知道的。”把蝴蝶这样美丽动人的生物与毁灭人类的风暴联系在一起，这让我觉得浪漫无比，但我又很担心，担心总有一天我也会被某个效应给毁了。

“这是什么蝴蝶。”我随手指了一只看上去很漂亮的蝴蝶，问。他想了想，对我说：“这是马德拉大白凤蝶……非常珍稀。”“有多珍稀？”我又问。“数量稀少，或许会灭绝。”他回答。我哦了一声，有些失望，珍稀的意思我懂，我想知道这珍稀的具体重量，我注视着远方，白蝴蝶，黑蝴蝶，一大群五颜六色的蝴蝶飞过，心想，这珍稀的白凤蝶，普通的黑翅蝶，被冠上各种标签，一点也不美好。

这时候，我舅舅突然在远处叫我们，他摆着一张臭脸，关照我们不要离开他太远，这与我母亲的云淡风轻截然不同。

离开蝴蝶室的时候，表哥走到我身边，我感到口袋一沉，有些分量，但又很轻盈，我把手伸进口袋，一摸，是个橘子，继续深摸下去，是一条链子，显然是我表哥送给我的礼物，我掏出橘子，心里开始打算盘，手也没停下来，把橘子皮一扯，一瓣一瓣地掰着吃。

他移了移脚，笑嘻嘻地看着我，我愣了一下，问：“叶……表哥，要吃吗？”

我叫他叶表哥，是因为那天是我与他第一次见面，我的确不知道他叫什么。他走那天，我才从我母亲口中得知，我表哥叫叶文，当然这是后话。他听到我叫他叶表哥，露出笑容，脸颊上露出两个浅浅的酒窝。他摇了摇头，说：“你吃吧。”我还是没反应过来，掰了两瓣，递出去，说这橘子很甜，你真的不要吃吗？

植物园很大，我和他并肩走着，我刚吃完手中的橘子，他不知道从哪里就又掏出了一个橘子，这让我对他产生了基于食物的信任，我一下子放松下来。开始聊些有的没的。比如，我们开始互相打听对方的生活，他问我，我的父母是怎么认识的，尤其是在一些细节上，我大略地告诉他，轮到我问的时候，我的问题无非是关于吃，比如我问他是不是每天都能吃到比萨，他就说："家里请了个中国阿姨，做的基本都是中国菜，比中餐厅的要好吃些，但是这次来了国内，才发现平日里吃的并不正宗。"我惊叹，说："天啊，你家还有阿姨。有一天我父母一整天都不在家，我就一整天没吃饭。"他问："那你后来吃到东西了吗？"我说："我父母半夜都没回来，后来我就跑到隔壁卖甘蔗汁的哑巴夫妻家，要了一碗白米饭，他们家有一只大白猫。"我看他好像对中国食物很感兴趣，于是接着说："回到家，我就往白米饭里倒了点热水，从冰箱里拿了瓶酱菜。饭多泡一会儿，管饱。"叶文马上又问："我是说你爸妈那么晚都没有回来吗？他们去干什么了。"我说："哦，他们俩吵架了，家常便饭了，每次吵架就离家出走，谁都不愿意先回家。"他又问："他们为什么吵架？"其实我不愿意复述这些事情，尤其是细节，我省去一些，说："周末的时候，我那天起得早，听到厨房有说话声，我上厕所的时候听到他们在说，要不要把小孩接回来。我刚出厕所，父亲一脸怒气，急急忙忙跑了，我问我母亲要接谁？

她含含糊糊，说同事家的孩子。我知道她在骗我，因为我看到饭桌上放了本户口本。过了一会儿，我母亲也出门了。”表哥诧异，说：“哦，都跑了，那么，那天他们什么时候才回来的？”我想了想，说：“我也记不太清楚，总之第二天我醒来，他们有说有笑，就和什么都没发生一样。”他叹道：“你妈看来挺可怕的。”我撇撇嘴，说：“你总在问我，你怎么不说说你自己。你妈怎么没来？”他迅速看向别的地方，就是不看我，过了一会儿才说：“我爸是独自把我带大的。我没见过我妈。”我问：“你不好奇吗？”他点点头，说：“当然，但每次他都会强调因为夫妻价值观不同才离的婚。”我听到夫妻关系，心里咯噔一下，感觉在扒自己的皮。我冷笑了一声，说：“就算离婚了也不可能见不到你妈，你被骗了，你没有妈，你不仅没有妈，你这个爸是不是你亲爸也难说。”

他一听，脖子上的青筋都显了出来，但好像也不生气，他说：“你爸妈有没有跟你说过，你还有一个表哥？”我想了想，摇摇头，说：“还真没有提过。”他又问：“你不觉得奇怪吗？”我装傻，问：“有什么奇怪的？”他说：“你有一个表哥，你却从来不知道。你爸妈是不是有事情瞒着你？”

我没想出答案，反问他：“那你知道你有一个表妹吗？”他挠了挠头，说：“我也是头一次知道你。”我吃完橘子，拍了拍手，说：“那不就是了吗？”

蝴蝶室真热，在这里，不仅阳光，仿佛连少年心思也被放大，不知何时，一滴汗水顺着我的下巴向下滑，砸到地面上。

我们穿过花海，向着蝴蝶群行走时，叶文随手摘了一朵花，递给我，说："像不像蝴蝶？"我没理他，他又自顾自说："万事万物皆有来由，就像这蝴蝶花。但我从哪里来，我是不知道的，男人肯定是生不了孩子的。"我说："现在不是有什么试管婴儿。"他说："试管婴儿也有试管婴儿的妈，小孩是不可能凭空变出来的。"

说完，叶文咧开嘴，笑着说："我爸在国外也没什么朋友，更别说亲戚了，这次回国，遇见你，我感到很意外。"我说："我也是，我家亲戚朋友一堆，但我也没想到我竟然有个外国表哥。"

正说着，我们出了花海，眼前是一段石子路，石子路边是一条狭窄的溪流，溪水泛着白光，夕阳射进玻璃罩，正打在脸上，我感觉火辣辣地烫。叶文走得有些热了，于是卷起袖子管，但是好像不满意，于是又重新放下，他叠了好几次，直到每一块都精准得有相似的体积。我表哥浓眉大眼，脸很紧致，皮肤泛出小麦的颜色，可惜他普通话不太标准。我仔细打量了他一会儿，觉得说不上地眼熟。

我刚想再问他点什么的时候，我舅舅突然站在后面，拍了拍我的肩膀，问，玩得开心吗？

我脸都青了，僵硬地笑了笑。

但是一想到口袋里的那串项链，我知道这是我表哥给我的某种讯号，我突然来了精神，心里也随即忐忑起来，好像我家真有什么不可告人的秘密一样。

一周后，他们便启程回去了，走的当天，我起了个大早，还有话想问他，比如我以后去他那儿，他怎么招待我，会带我去吃什么好吃的。我洗漱完，走到厨房，家中没人，看到桌子上塞了一张纸，我展开，滑出一张十块钱，我把钱塞进口袋。不看也知道，我父母上班去了。我舅舅在此之前就从没被家里人提及过，这次也理应不会有人送行。

第二周，上课的时候，班主任讲到欧·亨利，提到《麦琪的礼物》，在讲到麦琪把头发剪了换钱这一段时，我心里莫名地觉得不好受，我后悔我没送他一个礼物，我不仅没送他礼物，甚至还得到了一串项链，吃了他一个橘子，然后连谢谢都没说。恰好那天的课后作业是围绕珍贵的礼物写一篇作文。优秀作品的作者可以参加国庆节学校组织的表演，就演今天学的这篇《麦琪的礼物》。我同桌张王飞听完笑嘻嘻地对我说，不知道谁这么倒霉会被选中去演这破玩意儿。哪怕他从来没收到过礼物，但这也说明他没法写这作文，只能胡编。坐我前面的语文课代表孙某某听到了，回过头，说："那我送你一个礼物，你就可以写了。"说完从课桌里掏出一本崭新的习题册。张王飞笑了，说："你这不算礼物，礼物是美好的回忆，你这则是噩梦。"说完，看了我一眼，说："你说呢？"

我心情愉悦，回道："噩梦不可怕，可怕的是以为是美梦，其实是噩梦。"

放学后，我吃完饭，坐在课桌前，磨蹭了一会儿，才提笔写道："我住在加拿大的表哥回国探亲，我周末与他还有我舅舅一起去了植物园，我们看了植物，还去了蝴蝶室，看了蝴蝶，我本来并不喜欢蝴蝶，但是我表哥送了一串项链给我，那项链的吊坠就是一只小小的蝴蝶，这项链或许很昂贵，也或许很廉价，但是我不在乎。有机会我一定要当面谢谢他……蝴蝶虽小，却意义非凡……我希望有机会能再次见到他。”写到这儿，我突然被自己感动了，打了一个哈欠，流下了两滴眼泪。我擦了擦，急忙跑回房间，找出那串项链，仔细地看了看。

我和张王飞运气不好，不出所料，都被选上了，我演黛拉，他演吉姆。因为演出是在两天后，我们匆匆用了一个晚上的时间大致排练了一下，说是排练，也就是读了读剧本，我觉得尴尬，好像真的跟他成了惺惺相惜的恋人。念了一会儿，我不高兴念了，于是吹牛，把我表哥回国以及送我礼物的事情都跟张王飞一五一十地说了。

张王飞一声不吭地听我把话说完了，也没有发表任何意见，这很反常，但是我并没有放在心上。

演出总共分四幕。

第一幕很短，场景中我正走在漫长的街道上，街道很寒酸，一个杂货铺就摆在我面前，前头搭着俩菜篮子，里头塞了几本练习册。一个菜铺，店面前放着根白萝卜，萝卜是张王飞从学校食堂后门口偷来的。再边上是卖猪肉的，猪肉不好带，于是我就从家里拿了两件咖啡色的秋裤，卷起来装成猪。

我头上顶着廉价的假发，皱着眉头，一副苦大仇深的模样。假发是班主任给我的，散发着一股刺鼻的臭味，我戴着显大，额头被挡住了一大块，看着就像二十世纪六十年代电视剧里街道上的路人。背景音乐响起，我站在舞台正中央，掏了掏口袋，发现口袋里那个一块八毛七不见了，我吓一跳，又仔细摸了摸，只有几颗珠状异物，我掏出放在手心里，灯光聚焦，移向手心，我一看，差点灵魂出窍，因为我手里竟然摆着三颗珠子，而且这珠子明摆着就是我项链上的。

这时候，旁白响了起来："一块八毛七，就这么多。其中还有六毛是一分的硬币。都是一个两个攒下来的，在杂货铺摊主那儿，在卖菜小贩那儿，在屠宰户那儿软磨硬泡……"

好在我站在台上，台下的人也看不出我手里的东西，我哀怨地数了三遍手里的珠子，擦了擦眼睛，心里悲痛，没有任何演戏的成分，此时此刻，我真的非常伤心。

舞台黑下来，换场，我跑回后台，心情郁闷，看到张王飞，随口问他："你作文写了什么东西，为什么会选你？"他支支吾吾，过了一会儿，他好像才鼓起勇气，说："我也没人好写，只好写你，写你性格好，成绩好，长得也好看，你就是老天送我的礼物。无可比拟，是无价宝物。"

我瞬间开心了一下，但立马又想到那串失了踪影的蝴蝶项链，我回道："放你妈的屁，礼物是东西，我是东西吗？"张王飞穿了一身西装，他那张黑脸被衬托得更黑了，显得非常好笑。他站在我旁边，漫不经心地晃着手腕上那块假金表，他歪过脑袋说："你不是东西，但这不重要，重要的是，你对我的意义。就像我不知道你为什么把一块八毛七换成几颗破珠子，但它对你应该很重要。”我说：“我突然找不到那一块八毛七了，也不知道这些珠子从哪里来的……好在也没人注意。”张王飞突然盯着我的眼睛，问：“这珠子看着有些奇怪，该不是你之前的那个表哥给你的项链上的吧？”

我想起表哥，有点沮丧，点点头说：“是的。但是我不知道他到底是什么意思。”张王飞说：“或许本来就没什么意思，就是随手给你的。”我质问他：“你怎么知道没意思。”张王飞说：“你表哥什么都没说就把项链送给你，他能有什么意思？况且你这项链看着也是便宜货。”我嘲讽地看着他，说：“你怎么知道这串项链便宜？你说的都是狗屁。”他说：“要我看，如果这玩意儿不便宜，那他哪来的钱买昂贵的首饰？”我哼了一声，不说话了。

他叹了一口气，说：“你向往和睦家庭，就算如此，你也不可能有什么失散多年的亲兄弟的。”

他看着我，舞台下的喧嚣仿佛被一阵风吹失殆尽。

这时，第二幕开始了，演出效果还不错，当然只是我自认为的，台下乱七八糟，我闻到了橘子的香气，是剥开橘子那一瞬间迸发出的酸甜气息。香气，混合着剧院里的霉味，碰撞出一种特殊的化学反应。我有些愣神，又想起了我的表哥，想起家中那本封皮微烂的户口本，我在想他会不会真的是我的亲哥。这时远处不知道谁嘘了我一声，我才发现我很长时间没有关注舞台了，我视线重新回到张王飞身上，但显然注意力不在舞台上。张王飞一脸焦急，我们四目相对，他压低声，向我走近两步，这两步让我迟疑了一下，不知我在害怕什么，我后退了两步，张王飞笑嘻嘻地看着我，又向前两步，这两步让台下的人都迟疑了下，因为剧本里并没有你进我退的这一段，我已退出光圈外，这时，张王飞有些激动，他微微低下头，脸也随之没入阴影之中，他说："抱我。"我说："你想怎么样？"

这时，旁白响起："他俩的感情真好啊。"

台下突然有人起哄，他们要亲嘴了，边说着，嘴里发出啉啉啉的声音。我冷笑了一声，两步走上前，抱住他，手臂使劲，他有些吃痛，我得意地笑了笑，但他反倒笑了出来，他说："你真是……非同一般，我喜欢。"我贴着他的脸，问："你是不是对我表哥有什么意见？"我刚说完，他立马回道："你以为你和你表哥有什么，其实什么都没有。"我侧过头，盯着他，发现他死死地盯着我的脸，我说："你不也是吗？"

演出进行到第四幕的时候，我脱下假发，装作刚剪完头发在"家"中等待吉姆回来。实际上我自己的头发也不短，但是台下已经没人再看我们的演出了，我站在舞台中央，也有些不耐烦，只想快点结束。这时，张王飞推开家门，走上舞台，他脸上被涂得惨白，一副惊慌失措的样子。我憋着嗓子，叫了一声亲爱的。他仔细地看着我，一字一顿地问道："你把头发剪掉了？"我点点头，突然，他恶作剧般地从口袋里掏出一个盒子，打开盒盖，里面赫然躺着我项链上的那只蝴蝶。

他说："这是你的礼物，希望你好好珍惜。"

我连忙摸自己的口袋，发现项链果然没了，想必是张王飞趁我不注意时拿的。

我一愣，按剧情来说，接下来我饰演的黛拉要按捺不住自己的情绪，号啕大哭，照我的理解，那哭声理应夹杂着悲痛与喜悦。但我现在根本哭不出来，我冷冷地说："谢谢你，吉姆，我会好好珍惜的……但无论如何，你不能偷我的东西。"张王飞立马接道："这东西本就不属于你，你表哥怎么买得起这么贵重的项链？"我说："那跟你有什么关系？"张王飞嘲讽地看着我，说："当然有关系了，现在这礼物在我手里，同样的礼物，你那么在意这个礼物是谁送的吗？"

台下骚乱起来，突然有两名学生打了起来，台上灯光刺眼。我眯起眼睛看了一眼，打架的正是学校传闻中十分出名的一对情侣。我冷笑了一声，扭回头，看到张王飞也正盯着台下那对情侣看，趁他不注意，我把口袋里的表链往他脸上砸过去，大喊了一声，扑了上去，也扭打起来。张王飞吓了一跳，他显然没料到我会这样，惊慌失措，也没敢还手。我用力一推，他脚一软，一屁股倒在沙发上。我拳头虽然不大，但好在速度够快，两只手像暴雨般砸在他的身上。他双手捂住脑袋，打了一会儿，我累了，半蹲着，小憩片刻，喘着粗气往后退了几步，脚跟踩到什么东西，没站稳，往后滑了一跤，人飞出去一米多，幸好舞台地板下是空心的，我急忙爬起来，嘴里一股腥味，我去摸那东西，此时，一束灯光打在我身前，我发现是几颗项链上的珠子，捡起来，看着张王飞，他仍旧保持那个双手抱头的动作，我走上前，拍了他一下，他吓了一跳，放下手，鼻子略微出了点血，暗黑中，他笑了笑。

我说："你被打了还笑。"

张王飞说："总比哭好。"

我双手捏着蝴蝶，紧紧抱在胸前，问："你从哪里拿到的？"他抬头，说："我在台前捡到的。"说完，抬起手，指了指不远处。前面一片漆黑，我也不知道他指向哪里，就趴在地上，伸出手往地上摸，这让我想起了之前看的视频，是一只浣熊靠在沙发上摸男主人手里的爆米花，既狼狈又可爱。我想现在肯定一点都不可爱。

台下都是看好戏的，灯光打在我身上，我眼前突然一亮，果然，地上零散地落着好几颗珠子。

我站起来，站在一米开外的地方，对张王飞说："对不起，我错怪你了。"

这时候，我的班主任带着几个学生走上台，想靠近我又不敢上前，我擦了擦鼻子，头一抬，自己走了下去。

台下一片安静，过了几秒钟，不知道谁带头起哄鼓起掌，如同爆炸一样。

这次事件直接导致我被留校察看，不仅假期没了，还得写2000字的自我检查。我在教导处办公室磨蹭了一个下午，绞尽脑汁就写了几行字，是这样的："我因为表哥送我的项链不见了，迁怒张王飞，导致《麦琪的礼物》成为一场闹剧，产生了非常不好的影响，我这样做是不对的，我不该为一串项链就打人，这与黛拉的精神背道而驰。我没有通过《麦琪的礼物》学到爱的真谛，一定好好反省。”

晚上回到家的时候，家里又没有人，刚进家门，我便接到一个电话，这电话不是别人打来的，正是我表哥，他在电话里说，之前走得着急，没和我打招呼，他过意不去，所以想到给我打电话。

我突然警惕起来，说：“我过得挺好的。”我们互相寒暄了几句，他突然问：“那串项链，你喜欢吗？”我明知故问：“什么项链？”他说：“就是那天在植物园的那串蝴蝶项链。”我心脏猛地跳了一下，有些心虚，说：“哦，喜欢啊，怎么了？”电话里传出他叹气的声音，几秒过后，他说：“我有话跟你说……”我说：“你说吧。”他顿了顿，说：“那项链，我用了不该用的钱，是我父亲的钱……他回去以后发现钱少了，跟我对质，我只好实话告诉他。”他还没说完，电话被我舅舅接过去，他说：“你别上心，叶文给你买东西的意图很好，舅舅本来也想给你买个礼物，我就是确认一下。”接下来，我的大脑一片空白，根本不知道电话里还说了什么。

挂了电话后，我打开抽屉，心里盘算着该怎么处理这挂坠。这个时候，我最害怕的事情发生了，蝴蝶挂坠竟然不翼而飞了。

事发后的第二天碰巧是我生日，我母亲特地请了假，没去上班，这是她有史以来头一次请假给我过生日，我觉得她好像知道了什么。

中午的时候，张王飞突然来找我，他拎着一个蛋糕，另外一只手里拿着一个包得五颜六色的包裹，看也知道，他是来给我送生日礼物的。他有些紧张，扭捏了下，说："之前是我做得不对，我不该故意激怒你。"我看了眼蛋糕，说："没事，我原谅你了。"坐了一会儿，张王飞突然说："礼物，你不打开看看吗？"我看了一眼那彩色包裹，心里不是滋味，叹了一口气，骗他说："晚点再打开。"张王飞顿了顿，又说："我承认我是喜欢你的，但是你从来没有把我当回事。"我说："我以前也没喜欢过你，以后也不会。"他一下气馁下来，驼着背问我："你这么在意你的表哥？"

这种感觉让我觉得多此一举，仿佛我表哥才是联系我与张王飞的枢纽。我表哥给我买的礼物未必是发自内心的，那更别说张王飞了。

我不甘心，突然感到还会有另一种可能，这又让我的心情一下跌落谷底，没有比"可能"这两个字更让人沮丧的了。我此时正坐在张王飞对面，我望着他，像望着一个巨大的黑洞，我胡编道："是啊，听我母亲说，我那表哥就是我亲哥，我舅舅那里有问题，生不了孩子，也找不到对象结婚，家里重男轻女，我外公逼我母亲把他过继给我舅舅。"

张王飞一下羞愧起来，他张大嘴，手足无措，问道："啊？真的吗？"

我说："你潜意识里觉得是真的，那就是真的。你觉得我说的是假的，那就是假的，真真假假，还不是取决于自己？"

"你就那么喜欢那项链？"张王飞憋了半天，总算问了出来。

我就等着他这句话,我回道:“不是,我有我的理由。”

张王飞问:“什么理由?”

“你听过蝴蝶效应吗?”我说。

他点点头。我说:“我就是那蝴蝶,知道不?”他想了想,摇摇头。

我不想解释,觉得心累,说:“改天再告诉你,我还有检查要写,你走吧。”

他走了以后,我来到阳台,把那个裹着漂亮包装纸的礼物从楼上扔了下去,那包裹上的粉色绸带在空中疯狂摇摆,就像一只巨大的彩色蝴蝶,我想应该是落入了居民楼旁的臭水沟里。那一刻,我脑中的蝴蝶宛如蒸发似的消散一空,充塞我心里的钝重心情一眨眼烟消云散。

大概一年后的某个夏天,我听我母亲说,我那表哥非常争气,考进了常春藤,想必以后仕途顺利,风光无限。那天晚上,我在家又翻出户口本,心里再也没有怪异的感觉了。

那之后,我再也没有见过我表哥。

少　女

表弟突然离家出走。

公安局的人找我过去录了口供，问了几个问题，比如失踪前有没有什么异常的行为，我想了想，说他那天穿得特别干净，白衬衫是新买的。警察又问我，表弟有没有女朋友，我很肯定地告诉他们，没有。

我并不感到意外，我也离家出走过，人成长的时候总会遇到一些自己无法消化解决的事情，何况他现在高二，正值青春期，离家出走往往是解决这些矛盾的最有效办法。

两天后，我下班回家，快到门口时，远远看到家门处站着一个人，当时天已经彻底黑了，我走近了些，才发现竟然是表弟，他还穿着那白衬衫，领口脏兮兮的，双手插兜，脸色很差，嘴唇上浮满了干裂的皮屑，我猜他这几天都没好好休息，问他："你这几天去哪里了，都报警了。"他垂着头，说："我有事要跟你说。"说完他抓了一下脸，动作幅度小而谨慎，我点了点头，他说这句话让我断定他一定是发生了什么。他从小受尽宠爱，吃不得一点苦，需要什么，不需要什么，向来言行明确，毫不忌讳他人想法。

我不知道他这两天发生了什么，但我说不上来，他的气息不同以往。

我装作什么都没发生，打开家门，问他饿不饿。他说饿，我翻了翻冰箱，家里也没什么可以吃的，我就给他煮了一碗泡面。他关照我多煮一包，一整天没吃东西了。

趁着烧水的时候，我坐下来，问他："你到底干什么去了？"

他叹了一口气，告诉我，他这次离家出走是有原因的。

我说："我猜也是。"

他说："一个礼拜前，我参加了学校的四十周年校庆，也没什么好玩的，就是在大礼堂里看各个班级的表演，保守点的就是些诗歌朗诵，与众不同些的，就是跳跳舞唱唱歌，选的都是一些日本韩国的东西，群魔乱舞，总之都差远了。"

我说："我知道的。"

他顿了顿，说："事情的开始是这样，当时我们正在学校大礼堂看一出舞台剧，好像是《麦琪的礼物》吧，当时我边上坐的是同班的一个女生汪海洋，当时正在布景，礼堂一片漆黑，舞台上的光束弥漫不过来，我听到汪海洋剥橘子的声音，她剥得很轻，像在地上摩擦的树叶，香气在黑暗中炸裂，过了一会儿，她偷偷塞了半只给我，我扭过头，看到她视线停留在舞台上，她所做的一切，似乎理所当然，我看了一眼手中那半只橘子，干干净净，没有一丝橘络，我突然感到一阵紧张。"

我好奇："我一直以为你没有女朋友。"

他摇摇头，有点恼火，说："不是，只是有一丝好感而已。"

我说："她肯定是很喜欢你的。"

他歪了下头，说："这我就不知道了。"

我笑了笑。

他迟疑了一下，又说："反正我边吃橘子，边与她说话，正好也闲得无聊。"

"聊了什么？"

"电影，后来聊到《泰坦尼克号》了，她跟我说莱昂纳多那会儿真是好看，是心目中的白马王子，一头金发，温柔且体贴，说杰克为了罗斯而死那段太让她震撼了，她为此哭了一个晚上，连做梦的时候都在哭……然后又说不知道这辈子能不能遇到一个愿意为她而死的男人。我当时就冷笑了一声，说：都什么年代了，这种形式的死法早就过时了。她神情激动，反驳说：爱情的形式没有过时一说。你知道的，我向来看不起这种东西，我又冷笑了一声，反驳她，说这种男人她不仅这辈子遇不到，下辈子也不可能遇到的。"

我点点头："说到底只是电影，对吧？"

他叹了一口气，说："然后汪海洋突然问我，我能成为那样的男人不。我实话实说，不可能。她好像有点伤心，问我为什么，我说正常人谁会为了爱牺牲自己的生命？傻子才会吧？汪海洋惊诧得一动不动，她叹了一口气，说：你是不是不喜欢女人？我被她这个问题吓一跳，我怎么可能不喜欢女人呢？

她的问题也太可笑了。”

我说:“哎,那个汪海洋明显是在暗示你啊。”

他看了我一眼,说:“哦,我当时没反应过来,后来我听到她在黑暗中冷笑了一声,说我没有仪式感,不仅智商低,情商更低。还说我这种人只配跟我们的班主任李睿过,说完又补了句,说:你不是数学特别好吗?”

我笑了,问:“真的假的?”

我表弟着急了,他有些结巴,说:“放他娘……娘的狗屁,这小娘们儿狗……狗嘴里吐不出象牙。我当时就急了,对她说,我喜欢谁关她娘的屁事。结果我周围有几个人就开始偷笑,这时候舞台的灯亮了,开始演那个《麦琪的礼物》,我本以为就这样结束了,可惜不知怎么我班主任就来了,她站在走道里,让大家安静,她一说话,四周的笑声就更响亮了。然后汪海洋扭过头,也笑我,说,你喜欢的人在那里,你怎么不去找她呢?我脑袋一热,说:你喜欢的杰克就是个傻子,我还叫伦敦呢,你怎么就不喜欢我呢?汪海洋显然被我的气势吓了一跳,她愣了下,挑衅地回道:喜欢傻子都不会喜欢你。她明目张胆骂我,我一气之下,就推了她一下,她身体轻得宛如一片纸,也不知道她整日里吃的零食都跑哪里去了,瞬间就倒在了地上,同排的两人吓得跳了起来,汪海洋就那么躺着,一动也不动,像搁浅的死鱼,借着台上的灯光,她眼里反射出怪异的光芒,充满困惑,她就这么望着我,但这个困惑仅存在了几秒,然后转过头,这是我看到过最悲伤的表情,我伸手去拉她,她的发丝又顺又滑，像蔓延的柔软藤条，从我指尖流下去……”说完，他把头靠在墙上，眼神忧伤。

“她也很受伤吧？”我说。

他点了点头，说：“嗯，估计她一时也无法接受，过了一会儿，她突然弹起来，抓住我的胳膊，我眼镜被她顺手一拍，不知道掉到哪里去了，她紧接着一口咬了上来。”说完，他卷起袖子，露出胳膊，我看到一个轻微泛着红血丝的咬痕。

他笑了笑，又说：“搞笑的是，台上不知道发生了什么，也同时打了起来，那黛拉满嘴脏话，声音彻底盖过了我们，大家的注意力又被重新吸引回去了。”

我问：“还有打架环节？”

他说：“不是，好像是演黛拉的和演吉姆的打了起来。”

我说：“真是出乎意料。”

“谁知道呢。台上那个更凶。”表弟叹气。

“后来现场一片混乱，学生开始沸腾，有几个人带头站起来朝台上鼓掌，越来越多的人紧跟其后，纷纷站起来高呼。有几个教职员也跟着大声呵斥道，不要胡闹了。我和汪海洋瞬间就被淹没了，我也没法继续待下去，于是弓着背，趁乱跑了出去。出了大礼堂，我才发现是阴天，乌云密布，随时都会下雨，我肯定是不能回教室的，于是我径直走出校门。”

“走到校门口的时候，我听到汪海洋在叫我的名字，回头一看，她正向我跑来。”

我问：“你去哪里了？”

他看了一眼我，说："我吓了一跳，心想肯定不能在学校附近逗留，于是坐了几站公交，在一个平日几乎没有到过的站台下了，我又饿又累，说不出的疲倦，找了一家便利店，买了点关东煮，在门口找了一个位置坐了下来。本来我想着，待到八九点……或者街上人少的时候就回去，你猜怎么着？"

我说："怎么着？"

"我碰到了一个人。"

我开玩笑说："汪海洋吗？"

表弟摇头，说："不是，是个男的。"

"哪个男的？"我问。

他突然有点不好意思，看了一眼我，说："被黛拉揍的那个。"

听完我就笑了起来，我说："哦，是吉姆吧，难兄难弟可碰头了。"

他苦笑了一下，点了点头，继续说："就是他，他当时买了一碗泡面，还有矿泉水，整个人失魂落魄的，路过我身边的时候，突然停下脚步，开始打量我。我被他看得浑身难受，还没认出他，他便先认出我来了，他低呼了一声，问我是不是下午在学校大礼堂里打架的那个人。我被他说得一愣，于是也开始打量他，他倒是很大方，指了指自己脸上紫色的瘀伤，告诉我，他是舞台上被揍的那个。"

"吉姆。说完他笑了起来，他一笑，脸上的淤青就更显眼了。他脑袋一歪，就开始扯，他自我介绍，说自己叫张王飞，说完又问我叫什么。我只好告诉他。我们两个人就有一句没一句地聊了几分钟。过了一会儿，他突然邀请我去他家坐一会儿，可以给我出出主意，于是我们就立即起身。走之前我买了两瓶啤酒，哪怕我根本不会喝，因为我不知道今晚会发生什么。”

“所以你就失踪了两天？”

“确切说是两天半。”

我问表弟：“这只是开始吧？”

“对。”他说。

这时候，水煮开了，我把水倒进准备好的碗中，盖上盖子。他起身倒了一杯水，一口气喝了下去，打了一个饱嗝，过了一会儿，接着说道：“他话挺多，跟他回去的路上，他告诉我他叫张王飞，跟我是一届的，在此之前，我从没有见过他，我问他为什么被打，他支支吾吾也不愿说，大概就是情啊、爱啊什么的，我也没兴趣知道，后来他问我为什么被打，我也说不上来，就把事情的经过大致告诉了张王飞，他一听，眼睛都直了，他说，那个叫汪海洋的肯定是喜欢我。我说不可能，她成天挑我的刺，没事就要捉弄我。他拍了拍我，语气肯定，说：百分百是对你有意思，你要是知道也就不会发生下午的事情了。我反问他，你那么喜欢黛拉，还不是被揍了。他有些不爽，说：那不一样。而且他还说：看你这样子，肯定嘴都没亲过。我当时就不乐意了，我说你就吹牛吧，鬼才信你。说完，张王飞开始吹口哨，他吹得又急又短，像一只呼啸而过的老鹰。”我表弟模仿他，嘴里也吹了两声口哨，那声音有些闷，勉强算是口哨。他笑了笑，接着说："我们在一栋居民楼前停了下来，他说这就是他家。我说你自己住吗？他说是啊。我又问你爸妈呢？他说父母早就离婚。我说那挺好的，话语间，打量了一下四周，这居民楼又破又脏，风中不时传来冷冷的腥臭味，门口摆着一个铁皮垃圾桶，垃圾从里面溢出来，风一吹，那些轻一点的塑料划着地面，发出锋利的声音。重一些的，便落到铁桶边，再也不动弹。我实在看不下去，快步钻进楼里。这楼里也好不到哪里去，黑漆漆一片，张王飞猛地跺了一下脚，不知道几楼的灯突然亮起来，昏暗的光线才勉强照到一楼。我踏上楼梯，尘土迅速覆盖在我的白色球鞋上。

"我说：你家可真脏。他坦然笑笑，说：见怪不怪了。

"他家住在三楼，进了房间，墙壁上贴着国外电影的海报，大大小小，密密麻麻，大的不超过 A4 纸，小的差不多就一豆腐块，一看就是从杂志上剪下来的，连窗户都被这些海报给覆盖住了，光线暗淡得像臭鸡蛋，房间的角落里塞了一张沙发床，沙发上方是一个六十瓦的灯泡，光线覆盖几平米，我坐下来，整个人都陷了进去，我越抗拒，就陷得越深，并且无论我怎么调整，都无法感到协调。张王飞从床底下拿出一瓶矿泉水，递给我，说我坐的那个地方弹簧松了，坐边上就没问题。他还问我饿不饿，说饿的话给我煮碗泡面，我是看到过他家厨房的，急忙拒绝了。过了一会儿，他打开电视，自顾自看了起来，是什么无聊的综艺，我闲着无聊，也看了一会儿，就是最近特红的那个相亲节目，匪夷所思，电视里的女嘉宾上来就问对方爱不爱自己。她长得挺好看，倒也有这个资本，男嘉宾也不是善茬，想都没想，张口就说只为她而来。张王飞一边看一边哈哈大笑，他随手撕开一袋饼干，吞了几口，到后来，他笑得鼻涕都出来了，他就用手一擦，继续笑。”

我说：“你们难道看了一晚上电视？”

表弟说：“我揉了揉眼睛，眼睛很痒，好像眼睛里有大颗的灰尘。我越揉眼越痒，安慰自己，告诉自己是没休息好。过了一会儿，我手机也没电了。我只好找张聊天，问他之前说的出主意是什么意思，他回过眼，贼兮兮地笑了笑，坐正了，问我下午发生了什么，我就如实回答，讲到汪海洋那句‘爱情的形式永远不会过时’那句话时，张王飞突然拍了一下桌子，说：她懂个屁，爱情的形式成千上万，她怎么知道她的不会过时。我问他怎么说？他说：你对自己了解有多少？我想了想，不知道该怎么回答。他也没等我，接着说：有人在了解自己后才领悟爱，而有人则是在领悟后才开始接受自己的身体。我问他怎么了解自己？他说这个很好理解，要了解，那么肯定得先接受。我说我应该不是前者，但是不是后者，我也不肯定。他笑了笑，问我会不会写情书，我说不会。他说情书都不会写，那你的确不是前者。我说那我怎么知道我是不是后者？他说，那就更简单了。我问有多简单。他说嫖娼，这附近有一条巷子，里头有一个垃圾处理厂，平日走的人少，里头有家洗头房，你可以尝试做点什么。我吓了一跳，没吭声。他嘿嘿笑了笑，说人有时候就要突破一下自己。我没表示赞同，也没有反对，但至少是不想留在他家里过夜了，于是洗了把脸，就跟着他下楼了。走在路上时，他问我有多少钱，我看了看口袋，告诉他有三百五，他想了一会儿，让我给他一百五，我问他要干什么，他说要买礼物，我第六感向来很好，随口一问是不是买给那个黛拉，他居然点了点头。

"我问他是不是疯了，他一本正经告诉我，他正常得很。我说那你可真是爱得不能自拔了。他接过钱后把一把钥匙塞到我手里，让我完事了自己先回去，说完，嘿嘿笑了两声，说这是他爱的形式。"

我说："你这个年龄的人，谈恋爱完全是凭的直觉，懂个屁形式。"

"是啊，我也这么对他说，你知道他怎么回我的，他说既然你不懂形式，那就说形状好了，每个人对爱的理解是什么样的，就是什么形状的。"说完，他打开盖子，用筷子搅了搅，开始吃泡面。

"那你问他是什么形状的了吗？"我问。

表弟一边往嘴里塞着面条，一边说："问了，他说他是三角形的，因为他的爱情容易受伤。"

我笑起来。我问表弟："那你觉得你的爱是什么形状的？"

他想了想，还没说话便笑起来，他说："是椭圆的。"

我问："什么？"

他说："我的爱情是鸭蛋的形状。"

我说:“0代表无,也代表无穷尽。”

他摆了摆手,说:“无,肯定是无。”

我乐了,兴趣更浓,说:“你接着说,那后来呢?”

表弟看了我一眼,继续说:“他走得飞快,也不知道走了多久,那里像是一个城中村,洗头房在一条小巷子里,我也不知道跟张王飞转了多久,直到我远远看到有一个门口冒着红光的店面,那三色灯转得我脑袋痛,我知道到了。张王飞带着我在店门口观察了一会儿,玻璃很脏,从外面看,只能看到上面层层裹裹的灰尘,在那片灰尘中,我看到我和张王飞的反光,那反光和玻璃里面的女人重叠在一起,变得面目全非,我甚至听到某种鸟类的尖叫声,张王飞拍了拍我的肩膀,说:别紧张,放轻松,注意安全。说完,扔下我,一溜烟跑了。虽然他有些不靠谱,但我能感受到张王飞的精神,坦然里带着深沉的意味。他说:你要为爱做点什么。我站了五分钟,还是决定相信他。”

我说:“你胆子不小,我都快不认识你了。”

他一本正经说道:“我也这么觉得。”

我自讨没趣,说:“那好吧,你接着说。”

他放下筷子,擦了擦嘴,说:“我也不知道他说的放轻松是怎么轻松,我还在门口犹豫,没进去,里头一个卷发女人站了起来,那女人脚底下有一堆瓜子壳,还有些绒毛,她推开门,站在门口,叉着腰。我心脏都提到了嗓子眼,那女人穿着廉价的丝袜,打量了我几眼,问,来不来?我没吭声。她又说,先进来吧。我说我随便看看，她说进来随便你看。我就跟进去了。”

“你就这样被说服了？”我问。

表弟说：“我其实还有些犹豫，然后她就抓住我的胳膊，可能生怕我走了。”

“后来呢？”我问他。

他扭捏了一会儿，看了一眼自己的裤裆，说：“轮到我的时候，我突然后悔了，也可能是太紧张，那一刻我尤其地清醒……这辈子都没那么清醒过，那种感觉就像是回光返照，大约过了几分钟，我开始感到眩晕……那女人很耐心，也不催我，她一边脱衣服，眼睛一边盯着房间里电视上的节目，她站在床边，似乎注意力都集中在电视上，又过了一会儿，她看我还是不动，于是穿上衣服，出去了。我跟着走出房间，她已经在电视机前再次坐下，不知何时，外头下起雨，我推开门，雨越下越大，我实在不想湿漉漉地回去，干脆又回到房间，躺了下来。我整个夜晚都没睡好，那女人在外头嗑了一晚上瓜子。第二天醒过来的时候，已经是中午了，我在空旷的房间里坐了一会儿，听见外面有扫地的声音，失落感突然袭来，不知道为什么，我也想举起扫帚帮她打扫一下卫生。

“走的时候，那女人坐在沙发上嗑瓜子，我走出来的时候她眼都没抬。我想到她可能就在沙发上坐了一晚上，心里就过意不去，于是掏出两百块钱，她这才看了我一眼，接过去，说：这种地方不适合你，以后不要再来了。我刚出门，就远远看到张王飞往我这里走来，他脸红彤彤的，很兴奋，走上前，一把拉住我，问我感觉如何。我说还好吧。他突然悄声说：学校群里有个人一直在打听你，整整一晚上了，你看看。说完他掏出手机，递给我，我一看，果然是汪海洋。我一下心虚了，甚至有些愧疚，这愧疚不是对张王飞，而是对汪海洋。我扯开话题，问张王飞，怎么不回家，来这里了？他眼睛骨碌碌地转，盯着我看了一会儿，才告诉我，他一早就出门去给那个女孩送礼物了，回来的时候绕路来了这里，想看看我怎样。我问他：她接受你的道歉了吗？张王飞听了后，抿着嘴，有些不开心，眼皮都耷拉下来，他说：我也不知道。”

我说：“可怜，我猜他一定是被拒绝了。”

表弟好像没有听到我说什么，他说：“那一刻，我突然有一种感觉，就是一种极其空洞，却又无法释怀的东西。我相信此时此刻，这个世界上一定有人是和我有着同样的感受，我不知道这个人在哪里，但她一定跟我有着相同的经历，想到这，我觉得自己不再孤单，心里也好受了一些。”

我说：“搞了半天，你这只是单纯上了张王飞的套吧？”

他沉默了一会儿，说：“也不算是吧，他有他的理解，我有我的理解。这不冲突。”

“后来呢？”

“后来我就往回走，也不知道过了多久，路过河边的时候，不知道谁从楼上扔了一个盒子下来，包得挺漂亮的，差点砸到我。我抬头，望了一会儿，也不知道是从哪里扔下来的，我就站在楼下喊，谁的礼物，喊了几遍，没人搭理，我又站了一会儿，喝了一瓶水，喝水的时候我想起汪海洋，不知道她现在在干什么。我肯定不会像张王飞那样。等我喝完一瓶水了，还是没有人，我这才捡起来，拆开一看，里头是一个首饰盒，玫红色的，盒子上有细小的茸毛。我打开一看，是一串蝴蝶项链，放得工工整整的，项链下面放了一张小纸条，我打开一看，上面写着：对不起，祝你生日快乐！我拿起项链，仔细看了看，做工粗糙，是便宜货。”

我突然感到好奇，问他：“项链去哪儿了？”

他说：“扔进旁边的臭水沟里了。”

“为什么？”我惊呼。

“这礼物太丧，注定要消失，被我捡到，说明我冥冥之中与礼物主人有所联系，我当然要完成她这心愿。”

我看了一眼手表，说：“然后你就来我这里了？”

“嗯。”他点点头。

“所以呢？”我说。

他说：“我明白了。”

我问：“什么？”

他有些激动，又开始结巴，他说道：“我之前……觉得汪海洋……说的东西不可理喻，但是昨天夜里，我躺在洗头房的床上，仔细想了一晚上，她说的情况也不是不可能存在，这世上未知的东西太多了，包括爱，人这一辈子要经历各种各样的担心，受各种各样的限制，那……那既然如此，又何必去定义爱呢，没准我与我班主任就存在呢？洗头房的女人或许也如此呢？我……我说不准，你也说不准，没人说得准。就像张王飞说的那样，爱……爱有千种形式，万种结果。”

表弟的话让我有一丝触动，我叹了一口气，说：“我们到底能为此做点什么？”

他说：“你知道这意味着什么吗？”

“意味着什么？”

他突然哈哈大笑，说：“还好跟你说了这么多，我才想明白，爱情这东西，有等于没有，爱也好，情也好，谁会整天放在嘴上说？傻子都知道，我一心一意去寻找这玩意儿，还想为此证明点什么……我可真是个傻帽。”说完，他颤巍巍地抬起手，摸了摸自己的脑袋，他眼眶里滚出泪水，像是淹死的骆驼，仿佛发生的一切都不再与他有关。

夜间动物园

在离动物园还有一条马路的地方，我突然被一个撞击声惊醒，我听到自己大脑中的尖鸣，还没反应过来，出租车便从后面蹭上了一辆正在行驶的公交车。左前的车窗上碎了一个窟窿，到处都是玻璃，我看到司机的安全气囊像花儿一样绽开，我的鼻子也磕到了椅子上，这一切都让我胆战心惊，我靠在那儿，这份静止似乎持续了一百年，过了好久我才感到疼痛。

我一直在想，我是否还活着。

我在车上又坐了几分钟，直到有人打开车门，把我拉了出去。那天月光灰暗，云层厚重，几乎看不到月亮的形状。公交车停靠在马路边，下来几个人。此时，一大片云从我头顶飘过，四周的影子突然消失，我走了几步，回过身，看到不远处站着的几个身影，他们黯淡无比，与公交车尾部腾起的雾气融为一体。

此时，身后传出声音，是个女人，声音惊恐，我听不清她在叫什么。过了几秒，一个热心人拉住我，我回过头，是个中年男人，热心人问我严重吗，我摇摇头，他又问我去哪里。我指了指动物园。最后他说："要不要我陪你去？"

我顿了顿，没说话，不再理他，独自朝前走去。走了几米，空气清冷起来，我抽了一口气，身后的声音也变得空空荡荡，虚无缥缈，我有些恍惚，侧过头，看到身旁的阴影里，一个烟蒂斜插在下水道口，那烟头冒着微弱的热气，晃动着远处的风景，更远的地方是一根绿色的线，绿线向天际线延伸出去，与地平线融为一体……那是动物园里延绵起伏的山丘。山丘连着近处那块硕大的金属招牌，招牌受尽风吹日晒，灯管忽明忽暗，看起来像是融化了一般。

我心中莫名觉得安心，擦了擦鼻子，吐出长长的一口气，白色的气体迅速与远处的山脉交融在一起。

几分钟后，我来到动物园门口的花坛，花坛坐落于园内游览车站台，被一条圆形长廊包裹着，内侧种着一些花草，正中央还摆着一座老旧的欧式喷泉。此时四周的地灯已全部亮了起来。长廊很长，大约有一百米，八月刚过，天气仍旧炎热，虫鸣幽幽，远处草丛里迸发出一大片野玫瑰。与走廊里的破布花沙发遥相呼应，沙发破旧，正对着游览车的站台，有几个年轻人，他们乐此不疲，不时地发出愉快的笑声。

我虚弱地走上前，在长廊一侧的座椅上平躺了下来，小年轻看到我，也无所谓，继续说话。这时，我才注意到沙发上躺着的女人，她穿着一条草绿色的长裙，一只脚撑在沙发里，肚子上放着一个洋气的小皮包，她肆无忌惮地摇晃着身体，脚趾在路灯下反射出暗红色的光线。她的睫毛很长，眉毛像是涂上去的。我观察她的时候，她的另一只脚悬在半空中，胡乱摇晃着，一头乌黑的卷发也随之颤动起来。我身体跟散了架一样地疼，但这并不妨碍我侧过头观察她，这让我觉得自己非常猥琐。

女人正在乱笑，她嘴唇很薄，笑起来很刻薄。从对话中得知，她叫李无远，碰巧遇到这对年轻情侣。便拉着两个人，痛诉自己的故事，原来一切的起因是她开了一家美甲店，四年时间攒了十多万。就在几周前，那个男人突然带着钱失踪了。

他们说话的时候，时不时有人会走上来，靠在花园的柱子边，也有人听了几句就离开了，这一切，伴随着鞋子轻微摩擦的声音。

一个短发女青年双手环在胸前，疑惑地问："那男的叫什么名字?"

李无远迟疑了一下，看得出内心纠结，她张开嘴，声音微微颤抖，告诉我们，负心人姓孙。

"孙什么?"女青年又问。

"弗届。"

说完，李无远有点愤愤不平，她又开始抱怨："这事说到底我妈也有责任，要不是她极力阻止，我也不会这么快就把钱转给孙……我们本来打算用那十多万在镇子上付一套公寓的首付。”

我的身体舒服不少，我擦了擦鼻子，看了一眼，血快要止住了，心里也舒服不少。我微微撑起身子，插嘴说：“这事你也不能怪你母亲。”

李无远把身体转过来，意味深长地看了我一眼，笑了笑，说：“你听见了？”

此时女青年也注意到了我，她一脸吃惊，问我发生了什么。

我擦了擦鼻子，指了指来的方向，说：“交通事故了……”

李无远盯着我看了几秒，从包里摸出一包纸巾，丢给我，回过头，继续说：“我觉得他早晚要回来。于是等了几个礼拜，但仍旧没有一点动静。那阵子我做梦，梦到胡歌……大概是因为电视剧。我在梦里吵架，有时候是他，有时候又是胡歌，我疲惫不堪，一个星期后，我报了警。”

男青年听到直叹气，说：“你真倒霉啊。”李无远点点头，说：“是啊，假象早晚会被真相掩盖。”说完，她掏出一个本子，本子上别着一支笔，她笑了笑，认认真真地记下来，她边写边说：“好东西过时不候，我记下来，才不会忘记。”

短发女青年看看身旁的男青年，低声说：“我们也经常吵架，过去了就好了。”

“过去了也未必能好。”李对他们说。

“哈哈哈。”男青年笑出声来，“那你们吵什么呢？”他问。

“鸡毛蒜皮的事……我跟你们说，世上少有这么木讷的人，我约了他六次，他才知道我对他有意思……”

“那你为什么喜欢他？”我问。

她扫了我们一眼，接着说：“他看似糊涂，其实清醒……与我是截然不同的，我是看似清醒，实则糊涂。”

“后来呢？”女青年问。

李无远在纸上画了又画，抬起头，答非所问，她说：“后来……他们登记了我的身份证，让我自己再去找他协调。”

我有点奇怪，问：“就这样？”

短发女青年摸了摸鼻子，对我说：“你怎么还不明白？她是碰到骗子了。”

男青年突然说道：“原来如此。”

李无远张了张嘴，说：“这也没什么，感情这种事情就是互相欺骗，我知道总会有一天他会骗我，不过就算他不骗我，我早晚也会骗他。”

男青年忽然哈哈笑，问：“说来说去，你到底是喜欢他，还是讨厌他？”

李无远瞥了男青年一眼，说：“你好幼稚哦，你俩是活在童话里吗？”

对面沉默了，男青年尴尬地张张嘴，看了一眼女青年，短发女青年皱着眉，鄙夷地回了一眼，男青年甩了句干吗，空气突然焦躁起来，游览车到了。我瞄了一眼，车厢里静悄悄的，几乎没有什么声音，所有人都静默地坐着，灯光很暗，似乎洋溢着欢乐的氛围，短发女青年也没打招呼，拉着男青年上车了。

等车开走了以后，李才对我说："他们的爱情是毁灭，不会长久的。"

我抬起头，问她："你不走吗？"

她一下子没劲了，低头，像是哭了，她看着自己的手，半天也不说话。

我又待了一会儿，她才开始对我说："我不走。"

她从口袋里摸出一包烟，说："抽吗？"

我说："我躺着还能抽吗？"

她抽回手，点燃，吸了一口烟，说："你来这里看那只孔雀？"

我说："是啊。"

她撇了撇嘴，说："你也挺幼稚的。"说完，她捋了捋头发，笑起来，"你真傻，这只是动物园的营销手段而已，没有孔雀会在夜间开屏，除非它想在夜间求偶。"

我说："既然如此，那你来这里又是干什么？"

李无远仰起头，说："我是来看人的。"

我笑着问她："天这么黑，你能看到什么人？"

她想了想，说："黑了更好，这世上有些东西，不是都能在太阳底下看清楚的……"她顿了顿，接着说："你看这天上的月亮，它白大也在那里，但你只有晚上才能看清楚它。"说完，她张开双臂，肆意朝沙发里陷了陷，问我："你叫什么名字？"

"丁开。"

“你看起来不怎么开心。”她摇摇头，粲然一笑，还笑出声。笑声干净又透彻。

我犹豫片刻，还是告诉她：“一周前，我在大马路上被交往了两年半的女友甩了，出了丑，惆怅数日。下午的时候，我的猫从楼上跳了出去……我在楼下转了半个多小时，它应该是不在了。如果这些都不算什么的话，我觉得这世上已经没有什么能让我感到难过的事情了。”

看她的表情，似乎有些同情我，她点点头，说：“我也养了一只猫。”

我说：“养猫挺麻烦的，我平时上班，也没时间陪它。”

她说：“我经常待在家里。”

我问：“你在家里工作？”

她说：“对，我是写剧本的。”

我便顺着她的话，问：“你写过什么？”

她晃晃脑袋，好像有些不太乐意，说：“不少。”

我顺着问：“都有什么？”

她说：“剧本什么的。”

我说：“哦，写剧本很赚钱吧？”

她似乎知道我会这么说，立马回答：“累得死去活来，赚的钱看病都不够。”说完，她从皮包里掏出一沓折起来的 A4 纸，认认真真地平铺开来，又说：“我接过很多活儿，这是最近写的一个。我朋友说他准备拍这个剧本了，等有空了一起吃个饭，商量商量。”她瞄了我一眼，似乎在寻求我的肯定，我说：“你再等等，机会就会来了。”这个回答似乎不合她意，她说：“没有机会是自己来的。”

我躺着有些困，于是硬撑着坐了起来，她正把头撇向一边，看向远处的那些山峦与植物，或许还有动物。

我脱口而出：“那你的美甲店呢？”

她有些不好意思，说：“物质没了，就追求精神。”

我说：“这事情上，不能退而求其次。”

李无远冲我笑笑，摊开 A4 纸，说：“我不管那么多，你看。这是我刚写完的。”我伸出手，想接过来，她又抽回去，说：“我的字潦草，你可能看不懂，我还是念给你听吧。”

我说：“没事，我读起来很快。”

她笑了笑，说：“我也可以表演给你看，我学过表演。”

我一下明白事情很简单，但仍假装想一想，夸她说：“有备无患，真是厉害。”

她直起身子，手掌贴在脸颊上，笑吟吟地说：“哪个导演说的，人生不能像做菜，把所有料准备好了才下锅。”

我又夸了她，她更得意了，又陷入沙发，说：“那你快看。”

我擦了擦手上的血块，接过那沓纸，剧本叫《太阳》，大概十几分钟后，她问我怎么样。

我靠在柱子上，想了想，说：“挺好的。”

她激动起来，把烟蒂弹了出去，眼里放光，问：“你喜欢哪里？念给我听听。”

我想了想，低下头去找，手指点到一个地方，还没念出来，她便一把夺过去，问我："你为什么喜欢这一段？"

"感觉吧。"我说。

"我问的是，第一，你觉得哪里好了？第二，为什么觉得好？"她认真起来。

我想了想，说："那个男的看似是主角，其实并不是。女人才是，是整个故事的灵魂。"

李无远嘴角露出一丝放松，她盯着我，说："你接着说。"

"她之所以选择死亡，正说明她丧失了选择爱的权利……爱不是你这个故事的核心，不爱才是。"我说。

李无远低下头，说："你不一般，很聪明，说得很对……"说完，她的眼皮跳了两下，我看得出她有那么一丝难过。

她接着说："这个女的确实存在，所以这是一个脆弱的故事。"

我吃了一惊。

"听说那天天微亮，六点的时候，太阳刚出来吧。动物园正要关门，有一个女人，也不知道怎么回事，一个人爬到那个动物园的招牌上，她用一个很陌生的姿势，站在那里，她哭了一会儿，终于跳了下来……我看报纸上报道，她……跟我同名，不同姓，叫张无远。"

虽然我根本没听说过这件事，但不知道为什么，听到这个故事，我眼睛一酸，眼泪都要出来了，我觉得那个女人一定被辜负了，她一定是无法再承受那些痛苦了。

李无远继续说："张无远的故事，我曾经也写过小说，但是写来写去不满意，后来干脆就改成剧本……但是导演看了后，对我说现在不流行这么自杀了，而且只有疯子才会这么自杀。”

“所以你把这一段删除了？”我问她。

她点点头。

“你是个聪明的人。”我夸她。

李无远听了以后，扬扬得意地笑了，不过，她的笑声只维持了几秒钟。她咬着嘴唇，说：“我只是怕我在将来的某一天，也会像她这样。”末了，她又摇头，说，“……张无远不仅不糊涂，她还清醒得很，太清醒啦。疯子才不会爬那么高去寻死。”

我叹了一口气，我知道她话中有话。

“要是你，你怎么办？你死不死？”她眼睛一亮，转过头，问我。

我不知道该说什么，或许潜意识里今天这场车祸就是我故意造成的，我只好张张嘴，让嘴唇不知所以地动了动。她见我没有回应，也不再说话，眼神空洞地看着地上的红色罐头，我也看了一眼，是散落的白色餐巾纸，从罐头里流出的褐色液体，还有一张沾满油渍的报纸，这些东西混在一起，颜色分明。

我漫无目的地看着远处的动物园招牌，不知道为什么，心里突然一紧，我觉得她的故事蹊跷，这么一想，我连忙说道：“死亡解决不了任何问题。”

我们就静静地待着，月亮又出来了，空气中飘荡着一股清新之气，她头枕在沙发上，发尾像花蕊一样散开，她眯了一下眼睛，打了个哈欠，有些倦意。这时，售票厅的门被打开，声音传出来，是一首老歌，一名工作人员走了出来，开始清扫地面，她胡乱地扫了一会儿，又走进去，过了一会儿，手里拎着一个拖把，开始在走廊上拖地。

她去搞了两瓶水，我接过水，急急忙忙灌了一大口，擦了擦嘴。她说："我要回去喂猫了，不陪你了。"我问什么品种的猫，她有些着急，就说普通的猫，说完就真的跑了。我当时心里立马乱了，想说些什么也说不上来，只能眼睁睁地看着她消失在我的视线里。

没多久，救护车便来了。

两周后，我收到一条短信，是一个陌生号码。上面写着一行字：

晚上七点动物园见。

我不知道这算不算是约会，无论如何，这次见面让我开心不已。

这次我比上一回早了一些，太阳还没完全落山，我便到了动物园的门口。像之前一样，我一路闲逛到走廊，李无远的确在那儿，她独自躺在那张破沙发里，穿了一条墨绿色的裙子，配上她的白色上衣，将身材勾显得更是动人。沙发边横着一个红色的行李箱。她噘着嘴，从嘴里吐出一口烟，看它们在路灯下扭来扭去，我越走越近，她眼里的余光瞄到我，猛地愣住，把烟往地上一扔，跳起来，朝我大叫。

我站着没动，没敢过去。李无远招着手，声音更大了。

我到了跟前，她用手抚一抚头发，说："你气色不错。"我望望她，有些疑惑，问她："有什么事吗？"她坐回沙发，说："也没什么，就是想找你谈谈心。"我说："发生什么了吗？"她说："也没什么，就是那天我回去后，他联系了我。"

我哦了一声，继续问："你说的是之前那个吗？"

她淡定地说："不是，之前那个死了。"

我吓了一跳，说："啊？"

她看着我，笑起来，说："骗你的，就是之前那一个。"

"你让他还钱了吗？"我问。

"嗯。"她点点头。

"他怎么说？"

"他让我去找他。"

李无远天真地看了我一眼，说："前两天不是圣诞节嘛，我实在等不及了，我觉得既然他主动找我，那我也应该有所表示，于是吃完晚饭，打了车，往他家赶，快到半夜的时候才到，他开门的时候穿着睡衣，有些迷糊。我也管不了那么多，单刀直入，问他是不是喜欢我。他嗯了一声，我又问，那想不想和我重归于好。他又嗯了一声。我还想说点什么，他占据先机，说他想找一段稳定长久的感情，让我想好了。我说我早就想好了，他就不说话了，我又问，那你现在到底有多喜欢我？他脱口而出，像以前那样。我最后问了句，那你能给我幸福吗？"

“他怎么回答?”我问。

“他听了以后竟然有点惊讶,问,你的幸福为什么要问我? ……我听完后非常后悔,但是在回来的路上,我仔细想了想,他说得好像有那么点道理。”

“后来呢?”

“没有了。”

我看了一眼她的红色行李箱,说:“你别去。”

她问:“为什么?”

我说:“你真傻,他只爱他自己。”

李无远的脸伤心起来,她摇摇头,说:“凡事总有契机的。”

我心里一沉。

接着,她从包里拿出一盒粉扑,打开盒子,开始打量自己。

几秒钟后,她大笑起来,笑声持续了好几秒,我看她眼泪都要出来了,她定了定,说:“我怎么说出那么矫情的话,我都要吐了。”

说完,她看了我一眼,说:“这是我在这里的最后一个晚上,明天我就要离开这里……”她叹了一口气,接着说:“头一次与他约会的时候,就是来的这里。”

“哦。”

“我们坐在车里,我拉着他的手,心里都是他,趁他没注意亲了他一下。他笑眯眯地看着我,开玩笑地对我说没人配得上他。我当时根本不在乎,只觉得心里高兴,自己是配得上他的。我一直想一直想,也不记得看到了哪些动物……车厢里没有开灯，静悄悄的，我俩就像树袋熊一样，紧紧地靠在一起。行程快要结束时，他突然把脸贴过来，轻声说有孔雀。我连忙把脸探向窗户，车外也是漆黑一片，我眯着眼睛，看了一圈，的确在不远的树丛里发现了一只瘦弱的黑影。那黑影岿然不动，像一尊石像一样，丝毫没有开屏的迹象。我非常失望，缩回头，他捏了捏我的手，问我，是不是觉得孔雀不开屏了就不是孔雀了？”

我抓住李无远的手腕，把她往自己这里拉了一把，她的手很冷，她一惊，迅速抽了回去。

此时，天已经有些黑了，我虚望着远处草丛里立着的两根黑色原木柱子，有一根被侵蚀得厉害，像是融化了。其中一根还算完好的木头上立着一只鸟。她顺着我的视线，愣了一会儿，说：“哦，这是燕鸥。”我说：“哦，跟在电视里看到的海鸥很像。”她点头，说：“燕鸥是属于夏季的鸟，这个时候应该看不到。”我又问：“那怎么它还在这里？”她说：“它飞不动了，就掉队了。”

我说：“哦，运气不太好。”

李无远眼睛一红，干笑了一声，说：“难过的事情迟早会过去，也会被遗忘。”

我立马说：“但愿如此。”

她又问：“你有纸吗？”

我摸了摸口袋，掏出一张餐巾纸。递出去，她又问：“我可以写吗？”我说：“写吧。”她好像已经酝酿很久，从皮包里掏出一支圆珠笔，按了几下，把餐巾纸在手上铺开，画了几下，又递回给我，空荡荡的纸巾上只写了四个字，没有标点符号，字与字之间还特地空了几格，我看了一眼，是：

不　喜　不　悲

我愣了一下，问："不以物喜不以己悲？"

她捂住嘴，笑起来，解释道："不是。"

我问："那是什么？"

她回道："我既不是喜剧，也不是悲剧。"

"为什么会这么想呢？"我问。

"恋爱的时候，他说我是他的开心果。分手后，身边的人安慰我，可怜我，仿佛我又是一场悲剧。"

"既然如此，那你是什么？"我问。

"是一出好剧……"

"好剧？"

她点点头，说："开心难过，痛苦悲伤，势均力敌，占不到彼此丝毫便宜……一切都是公平，谁都不欠谁。"说完，她转过头，头发遮住她的一只眼睛，露出的那只眼睛像是一条深邃的道路，是无穷无尽的阴影，那一刻，我看到了绝望。

"就像下五子棋那样，双方互相加着砝码，不把棋子下光，谁都不知道输赢。"她补充道。

我看着眼前的漆黑，忽然觉得眼睛干涩，便挤一挤眼睛，心想：我怎么从来没想过这些事情？

李无远微微一笑，头歪向一边，静静地斜垂着，头发在空气中微微颤动，她的嘴唇抿得紧紧的，神情有些萎靡，痴痴地说:“非洲的部落神话里，太阳造了人，之后人问太阳为何造人。你知道太阳怎么回答?”

“怎么回答?”

“太阳说，我的阳光没有什么可以照耀，所以要有生命，我的阳光才有意义。不然只有我，会很孤独。”

我打趣说:“这里是夜间动物园，没有太阳。”

她闭上嘴，不说话了。

这时候我的手机响了，我看了一眼，对她说:“不早了，我要走了。”

她一下回过神，抬起头，问:“你不看孔雀吗?”

我心情郁闷，说:“你不是说去了也看不到吗?”

她看看我，眨了眨眼睛，她站起来，旋转了两圈，墨绿色的裙摆在夜色中飘了起来，她又转了两圈，问:“怎么样?”

我被她逗乐了，脱口而出，说:“你就是那只孔雀。”

她听了以后，突然愣了一下，她告诉我，她今晚没地方住了。

我也愣了一下，问:“你该不是喜欢我吧?”

她微微一笑，说:“你不好玩。”

这个笑倒是让我疑惑了，我只好说:“走吧，我收留你一晚，我睡沙发。”

说罢，我拉起她的红色行李箱，开始往回拖，我们离开动物园，走了几分钟，她突然叫住我，掏出手机递给我，然后转过身，脸朝着动物园的方向，说：“你给我拍一张照片，我留作纪念。”我连着拍了几张，她凑近我，拿过手机划了几下，对我说：“比上次好多了。”

我突然心中感到奇怪，问她：“哪一次？”

她听了以后笑起来，说：“你猜。”

后来我们继续走，经过一家肯德基，进去点了两个套餐，快速吃完，在公交车上的时候我突然有些紧张，因为我的一对眼皮跳得厉害。

开门的时候，邻居的老太太听到声音，出来假装倒垃圾，她把垃圾袋放在门口，过了几秒钟，她又打开门，又拿出一袋垃圾。我知道她在偷偷摸摸地观察，这令我感觉非常可耻，于是我对李无远说：“她脑子不正常。”

进了家门以后，李无远在屋里旋了几圈，最终在沙发上坐下来，我给她倒了一杯水。她也不客气，拿起我茶几上的一本杂志翻看了起来。我打开电视，让她等一会儿，然后跑进卧室开始收拾。过了一会儿，我听到身后有动静，回过头，发现她靠在卧室门口看着我，她看到我回头，便与我讲起话来。

我铺着床单，问她：“有个问题我一直很奇怪。”

她说：“你说。”

我说：“你到底叫什么？”

她回：“什么到底？”

我转过头，将视线用力地盯向她，说：“你真叫李无远？”

她的脸一下涨起来，不说话了。

恍惚间，我感到可能又错过了什么，其实早在上次见她时，第一次见面那会儿，我就应该问清楚，但现在已经不可能了。

过了一会儿，她缓缓抬起头，正要说什么的时候，敲门声响了起来，我只好站起来，走到门边，透过猫眼看，楼道一片漆黑，看不清是谁，我重新坐回沙发，过了一会儿，敲门声又响起来，我打开一条门缝，这次我看清楚了，是两名小区保安，我吓了一跳，一时半会儿想不起这两天干了什么，恍惚中，我看到对面老太婆家的门虚掩着。

我打开门，问什么事。其中一个胖保安笑嘻嘻地说，有人打电话说这里有陌生人，我们核实一下身份证，看看登记了没有。我盯着门框看了一会儿，回过头。李无远仍旧躺在沙发上。她拿起遥控器，把声音调响了两格。我说："你将身份证拿过来呗。"她头都没回，说："在我桌子上的包里，你自己拿。"

我让保安等在门口，在她的包里掏了掏，递给胖保安，有那么一瞬间，我看到身份证名字那一行上清楚地写着——张无远。

保安走了以后，我问她："那个自杀的张无远是你吗？"

她说："是，也不是。"

我想了想，又问她："那你说的故事都是真的吗？"

她说："你问我是不是真的，我想回答你说不是。因为我也觉得不是，到现在也觉得不是。"

这时，电视里突然传来了音乐声，是一首节奏轻快的十年前的流行歌曲。

我说："这歌挺不应景的，太欢快了。"

她说："你听歌词就知道，这是一首悲伤的歌。"

我说："歌悲伤不重要，关键是听歌的人要开心。"

她叹了一口气，回我："在我的故事里，李无远是受害者，但在孙弗届的故事中，或许孙弗届才是受害者。"

我太阳穴紧紧收缩了一下，说："那你也不该骗我。"

她摇摇头，说："名字什么的，只是一个记号而已，就像我，我是李无远，但同样也是张无远。这世界上没有什么不可能，在不同的故事里，我可以是男人，也可以是女人，或许是一条狗、一只猫、一件衣服、一串钥匙。就像你，你以为人生黯淡，毫无希望，但没准哪天你就又体会到了生命的意义。但这些都不重要，重要的是，在这些不同的故事中，哪个才是真正的你……"

我问："哪个？"

李无远冷冷地看了我一眼，站起来，我也跟着站起来，路过垃圾桶的时候，她突然说："我走了。"接着，她拉起行李箱，推开大门，走了出去。

我追到门口，雨声一下扑面而来，脚步随之清晰起来，雨声和滚轮声沿着楼梯向下延续。我朝暗黑中喊道："你要去哪里？"

门外静了一会儿，对门的门缝处又透出一条细微的光线，我看到无数的灰尘在那条光线中翻腾，光线向楼下微微延伸出去。

这时对门的门缝又被打开，老太婆探出头，看了我一眼。

我突然想起第一次见到李无远时，她躺在沙发上满脸笑容的样子。就这样，我拿起外套，追了出去。

夜晚的风被黎明吹散

同学聚会临近结束，人群响起笑声，我回过神，知道焦点是杜敏芯。大致上，我们已有十几年没有联系过了，她已出落成一位亭亭玉立的女性，打扮朴素，悠然自得，一举一动都透露着平和。

我们原来是小学同桌，双方家长亦是同事，两家相隔一条街，我与她平日一起上学放学，时间漫长，横跨小学六年时间，就算是初中以后不再同校，两家也常有往来，算得上是青梅竹马。我十五岁那年，她父亲因人事调动，举家搬离。这之后，又听闻她父亲下海经商，家境渐好，母亲也继而从医院辞职，一心一意照顾家庭。我也与她断了联系，直到十多年后，某个夏天的聚会，再次从父亲的老同事那儿听到有关他家的一些消息，提及杜敏芯，据说从 X 大美院毕业后，临摹了几年的名画，小有名气，这几年开始进行有个人风格的创作，三十出头，便实现财务自由了。

一个体形略胖，一本正经抽着烟的中年人说，他曾去看过杜敏芯的画展，她的画都常以灰色线条为基础，这些线条在外行人眼里毫无规律，杂乱无章，看多了甚至感到内心郁闷。

我想起最后一次见她时，她也穿着灰色的竖条纹路连衣裙，梳着马尾，样子很白净。那天天气晴朗，她拎着一袋苹果，走进我家门，我百无聊赖，正坐在电视机前消磨时光。她拉了个椅子，也在我身旁坐下来，淡淡地说："我马上要搬家了，来跟你告别。"

我听了有些失落，扭过头，说："为什么?"

她说："我爸爸要去外地经商，他说趁我还小，正好换一个更好一些的环境。"

"这里很好。"我说。

她抬起头看着我，说："唉。"

我说："我会想你的。"

"你千万记得，有空要来找我。"她说。

我虚望着电视，不知道该说什么。

她低头，思索了一会儿，问："罗密欧呢?"

"在阳台上呢。"我说。

她又问："那朱丽叶呢?"

"也在。"

我拿起一个苹果，在手心里翻了翻，看看有没有坏，然后递过去，问她要不要吃，她摇了摇头，我便不客气，塞回自己的嘴里。

她脸庞通红，站了起来，拍拍裙子，说："那我去看看它们。”

大约过了几分钟，我听到朱丽叶在阳台大叫，我冲上阳台，可惜笼子里早已没了罗密欧朱丽叶的身影。她见我气势汹汹，面露胆怯，后退了几步，我抬头望见飞在空中的罗密欧，突然感到眩晕，那眩晕感围绕着它们的翅膀逐渐膨胀，不断冲击过来。

杜敏芯看着我，安慰我说：“它们自由了。”

我一听，心想这两只鹦鹉花了我近三百块的压岁钱，脚一软，差点昏过去。

“它们自由了也要死……”我咬牙切齿。

杜敏芯走了以后，我跑回电视机前，独自消沉。临近傍晚的时候，阳台上传来熟悉的鸟叫声，我大喜，以为它们受不住那虚无缥缈的自由，都回来了。我急忙跑回阳台，发现只有朱丽叶站在笼中。我不管那么多，蹑手蹑脚走上前，以迅雷不及掩耳之势关上笼门。这下只剩罗密欧在远处树上哀鸣，它们一里一外，僵持数日，互不妥协。直到某日清晨，天微亮，我听见罗密欧在附近徘徊鸣叫。那声音听着悲切，甚至有些声嘶力竭，像是告别，我有不好的预感，跑下床，窗都没来得及打开，便看到附近梧桐树上一个细弱的身影坠了下来，触地。我大吃一惊，直跳起来，等了一会儿，身影也没再飞起。此后几日，再没听到罗密欧的叫声。

我眼睛一酸，又想起了杜敏芯。

这时，围绕着她的人群里突然发出大笑的声音。

天空更黑了，乌云从东边而来，盖住城市，狂风四起，像是要有雷暴雨的样子，天气预报说这将是入夏以来的第一场大雨。同学聚会临近散场，我出去抽了根烟，空气潮湿，我吸了吸鼻子，风突然停了，黑云也向远处褪去，天空重归平静，四周一片清冷，是一种缓慢结冰的颜色，月亮也出来了。

他们一家搬离没多久，杜敏芯便开始活跃在各种报纸杂志上。这也归功于她母亲，她母亲年轻时本是个不出名的小编辑，常年混迹于二线城市文坛，没事写写散文诗歌。这次丈夫下海经商后，她又重新拾掇，培养起了杜敏芯。起初，只是在报纸的一些边边角角的版块上能看到杜敏芯发表的作文。到后来，我甚至在教育频道上见到杜敏芯，印象深刻。当时她穿着一身白色连衣裙，即便如此，她看起来仍旧有些憔悴、阴郁。她笔直地站在舞台上，有些拘谨，几年没见，她更优雅、更漂亮了。主持人举着话筒，半蹲着，与她寒暄。观众脸上洋溢着欢乐，主持人问她，理想是什么。杜敏芯瞥了眼她父亲，又移向她母亲，还没张嘴，她妈便抢过话，笑吟吟地说，要成为知名作家，因为妈妈是她的偶像。主持人站起来，带头鼓起掌，台下掌声潮水般回荡起来，声音在电视机上方迸发，我一惊，调低音量。这时，镜头穿过人群，逐渐拉远，杜敏芯小心翼翼地坐了回去，她个子本就不高，坐下去的那一瞬间，没坐稳，晃了晃，又想起什么，挺起身，对着镜头笑了笑，露出洁白的牙齿。我情不自禁，也笑了笑，笑完后我更沮丧了，好像我与杜敏芯真的有什么特殊的关系，其实没有。

半个月后，我再次在电视上看到他们一家，她爸黑了些，憔悴了不少，仍穿着之前那套墨绿色西装，白色的衬衫扎进裤子里，而她妈则穿着一件深紫色双襟兰花样式的旗袍，口红涂得鲜亮，头发乌油油，像一块点缀着樱桃的黑森林蛋糕。她搭起架子，交谈时轻微扭动身体，一脸得意。夫妻俩年轻，有修养，看上去是幸福和睦的家庭。但我知道并非如此，我听我爸说，她爸在外面有了别的女人，还有了小孩，夫妻关系早已名存实亡。

主持人精神饱满，寒暄了几句，把话题转移回杜敏芯，问道："对于杜敏芯这么优秀的孩子，对于她的将来，你们有什么打算吗？"

她爸脸色一沉，没吭声，身旁人抢过镜头，语气里透露着得意，说："杜敏芯单纯，善良，希望她以后能做一个具备高尚品格的淑女。她好好学习，以后当作家那是最好的，当然如果是主持人那也不错，像电视里那样端庄。"

她爸又哼了一声，说："单凭这些是成不了大事的。"

在一旁的杜敏芯的母亲，以一种奇怪的眼神看着她丈夫，她眼皮突然耷拉下来，抚了抚衣角，眼神冷峻，说："你可以过你的日子，我不能没有孩子。"

我坐在电视机前，脑袋蒙了一下，一切都脱离了控制，现场混乱了起来，不知道谁带头嘘了一声，又安静下来。

镜头转回杜敏芯，她父亲站起来，走出舞台。晃动了两下，她垂着头，视线盯着地面，脸上是一种辨识不清的表情。

我死死盯着杜敏芯的脸，我解读不出她的反应，因为她没有反应。

灯光暗下来，背景音乐响起，杜敏芯身处舞台，慢慢淡出，如此这般，我倒感庆幸。

抽完烟回去，大厅里再无笑声，大家都散去。关系好的，三两成群去下个场子；疏离的，各自回家。我正准备离开，这时一个声音叫住了我，杜敏芯走过来，说："李放。"

我站住，回头看她，说："是你啊。"

"你都没怎么变啊。"她说。

我说："怎么没变，皱纹都出来了。"

她笑了笑，这又让我想起二十年前最后一次见她，她也没怎么变。

"你还记得我不？"她问。

我挠了挠脑袋，说："当然记得，我怎么能把你忘记。你以前挺黑的。"

她点了点头，说："看来不会下雨了，要不要出去走走？"

我望了一眼窗外，天空湿漉漉的，有一丝起雾的迹象，我说好，起身走出酒店大堂。我们走了几十米，亦步亦趋，沉默片刻，她先张了嘴，问我最近过得怎样。我一阵慌乱，在昏黄的路灯下，顿了顿，叹了一口气，说："我前阵子差点就结婚了……"

杜敏芯迟疑了一下，伸出手，拍了拍我的肩膀。

“我不明白她想要什么。”哪怕是此时，我心里仍然有一种要混过去的劲头。可能觉得自己说出这句包含过多信息的话是不合时宜的，因为我不知道杜敏芯是否想要知道这些。

“这个就复杂了，谁也不明白谁想要什么，其实什么都不想要。”她说。

我听杜敏芯这么一讲，脑袋突然嗡嗡起来，杜敏芯的态度让我感到羞愧。

“感情这种事，本来就是你情我愿。”杜敏芯说。说完，她从手袋里掏出一根皮筋，绕住自己的头发，把头发绑了起来。她说话时我有意观察她的脸，非常娇小，肤色健康，即使面容疲惫，也遮不住她的气质。她注意到我的视线，不好意思地笑了笑。

“那你又是怎么来这里的？你回来工作了吗？”我扯开话题，问她。

她摇摇头，说：“我是偷偷跑出来的。”

我说：“哦？为什么？”

她说：“不值一提……本来日子也算安稳，我妈这阵子不知道受了什么刺激，开始频繁安排我相亲，对方在她嘴里总是条件优秀，家庭和睦。但她说的话都不可信，次数多了，我便常常与她争吵。她反正说来说去就是那套说辞，什么就算是为了她，为了家庭。昨天她又这么说，我便嘲讽她，说她婚姻不幸，搞得我跟一个孤儿似的。天快亮的时候，我做了个决定。”

我叹了一口气说：“没想到你会这样。”

杜敏芯接着说：“那一刻，我觉得人生无望，恸哭起来。后来我洗了脸，走出家门，在院子里散步，真是奇怪，明明刚过五月，气温已热起来。那天云层有些厚，见不到月亮，我烦躁得很，脑海里闪过一些可怕的念头，眼皮也剧烈地跳动起来。我看着院子里的月季花，也不知道中了什么邪，回到家中，收拾了几件衣服，手指碰到门把手的那一瞬间，我心脏跳得猛烈，说不出是什么滋味。”

我说：“那你也算是自由了。”

她看了我一眼，说：“我这样的人顾忌太多，得不到自由。”

我问：“那什么人才能得到。”

她回：“自私的人才会活得自由，无所顾忌，极其自私，极其自由。”

我摇头否认，说：“那不是真正的自由，互相期待，互相依靠，才是自由。”

杜敏芯听完，叹了一口气，一脸愁容，说：“那可能是我还没遇到可以期待的人。”

“你身边也许就有可以期待的人。”我说。

“你这么自信吗？”杜敏芯笑了笑。

我苦恼地笑了笑，就这样，边说边走，聊的话题虽然苦闷，但在我们看来，今夜是美好的。街道热闹，昏黄的灯光与人群重合，空气中弥漫着热气，层层叠叠。车灯与夜色互相冲撞，两种颜色如此独立却又不谋而合，就像我们两个人此时的心境。我们并肩齐行，穿过一条马路，人群渐渐多起来，步态缓慢，形成一个巨大的旋涡，渐渐向中心缩拢，我和杜敏芯越走越近。

天彻底黑下来，人群骚动，旋涡向另一个中心聚集过去，我也好奇，向中心走去，走上前才发现是一对年轻男女，那女的绑着马尾，正拉住男人的袖管，那男人又瘦又高，正弯着背。马尾女人愤愤地说："我那么招你烦？"

瘦高男人回道："是。"

马尾女人突然喊道："既然如此，你带我去寺庙干什么？"

"你不是信这些神神鬼鬼么，我带你去，满足你的心愿。"瘦高男人轻蔑地说。

马尾女人又强硬起来，说："你再说一遍？"

瘦高男人像复读机。又说了一遍。

马尾女人突然发出哭声，喊道："你快他妈滚吧。"

街上更热闹了，不时有人踮起脚往里张望，这时，周围有人说道："都别激动啦，今天是菩萨的生日，有话好好说。"又有人劝那人，道："情侣吵架，你不要多管闲事了。"马尾女人突然止住哭声，扭头找了一阵，发现周围人的目光都默契地落在一个高个中年男人身上，那男人半吊着眼，一副没睡醒的样子，马尾女人仰起头，嘴里像机关枪一样骂道："菩萨是你妈？关你屁事？你是菩萨吗？还是你全家都是菩萨？"那中年男人一看平日里就是那种爱占便宜，多管闲事的人，中年男人被马尾女人一骂，突然紧张起来，倒是闭了嘴。

我往前凑近了一些，才注意她手里正拎着一个挎包，抬着头，悲伤地盯着身旁的男人。四周人群慢慢散去，不知道谁推了她一下，她摔倒了，清脆的一声，挎包飞出去一米，她就这么半趴在地上，困惑地盯着远处。

我正打算离去，因为听人吵架实在太烦人了，我以为他们能发生点什么意想不到的事情，现在看来也就是日常的吵架而已。但我没想到杜敏芯竟然挤开人群，冲上前，拉住马尾女人的胳膊，我只好也跟上去，抬起她另一边的胳膊，那马尾女人就像一个木偶，被我们硬生生地拉了起来。她站起来以后也不说话，张开手掌，看了看，拎起掉落的挎包，看了我们一眼，一个人慢慢晃进人群，消失了。

人群慢慢散去，我看了一眼手表，问杜敏芯，还想去哪里。

杜敏芯说："我记得前面不远处不就是无应寺么，我很久没有回来了，想去那里看看。"

我不信神佛，世间万物本就虚虚实实，从不会寄希望于这些不切实际之事。但未知的事情同样存在，我思量了片刻，拉起杜敏芯的手，说："好，那你跟着我就是。"

杜敏芯看定我，脸涨得很红，她有些不好意思，甩开我的手，嘴里嘀咕道："我又不是第一次来这里。"我问："你是不是有什么想求的？"她说："就去看看，未必求。"她跟着我，我领着她钻进身边的一条巷子，没走几个巷口，便远远看到无应寺灰色的墙砖，那墙砖风吹日晒，边缘都已经风化了。我大喜，沿着墙壁，但绕了十多分钟，就是找不到那扇门。

这时，杜敏芯停下脚步，拉住我，指了指不远处的一小撮矮灌丛，吩咐我上前看一看。果然，后头是一扇老旧的褐色木头门，门口附近的石板上长满了青苔。门虚掩着，门把手上挂着一把锁，锁的颜色黯淡，年代已久，静静地挂在门上。门缝里透着光线，我踩在一块砖头上面，悄悄地朝院子里张望，里头静悄悄的，有淡淡的香火味从缝里飘出。我吸了吸鼻子，心中产生某种微妙的感觉，回头问："你怎么知道是在这里的？"

她有些得意，慢悠悠地说："跟你说我来过这里。"

我有些忐忑，推开门，小心翼翼地迈进脚。迎面扑来一阵风，我吸了一口气，开始四下打量，视线虽暗，但月光皎洁，看得出这里被打扫得干净整洁。门旁立着一棵枝叶繁茂的榕树，密密麻麻的根从空中垂下，盖住了一盏灯，灯光柔和，像是包裹着奶糖，光线向上空发散出去，几片树叶沐浴在灯光里，显出半透明的模样，树上不时传来鸟雀低吟。我又往里走了十几米，脚旁是一片池塘，围绕着的假山缝隙里开着绿色的花朵，在月光的反射下发散出微弱的银色光芒，池塘的一侧竖着几间矮房，房檐的角落下，堆放着几摞木头。

安静祥和，世外桃源。

我说："这里真美。"

她说："美。"

我逗她，问："哪里美了？"

她笑了一下，指了指天空，说："你看这天空，云朵都是暗红色的。"

杜敏芯找了一个石凳子，坐了下来，她扬起头，张开双臂，夜风骤起，无名的花瓣散落一地，我看得出神，杜敏芯突然张口说道："人生在世，求不得，爱别离，此是圆满。"

我随口说道："情啊，爱啊。"

杜敏芯张了张嘴，好像说了句"自由啊"，我没听清楚，因为大树上突然扑腾起一只鸟，似乎受了惊，向远处飞去。

此时此刻，我在她身上感受到了强烈的孤独，除此之外没有任何感情，只剩下我直直矗立在她身旁，像一棵历经沧桑的树，苦苦等候。又等了一会儿，始终不见有人。我喊了一声，声音在院里四散开……仍旧没有回应。

杜敏芯仍旧一动不动坐在石凳子上，盯着荷塘里的荷叶，那几片荷叶开得深意盎然，正当茂盛，但她似乎有些失望，我安慰她说："这里是无应寺，找的是自己内心的回应，没人也对，我们走吧。"杜敏芯缓缓点了点头，没说话，站起身，向门口走去。

刚走出门，没走多久，便听身后院子里传出朗诵的声音，那声音洪亮，道："秋水共长天一色，落霞与孤鹜齐飞。"

我咽了口口水，心想都是什么跟什么啊。

回到大路上时，已经将近十点，空气里飘起雾，杜敏芯从包里掏出一盒烟，点了，吸了一口，问我要不要抽，我摇摇头，她笑着说:“你还是那么清纯。”说完,她又问我,“小时候春游的那个海洋世界还在不在?”

我查了查手机,说:“好像还在。开到晚上十二点。”

“怎么那么晚?”她问。

“情侣去得多吧。”

“哦?”

十点多的时候,我们到了海洋世界,下了车,发现这里杂草丛生,一片破败。眼前的台阶也被什么撞断了,我抬头,视线往上移,发现是一个建筑上顶着几个霓虹灯,四个灯管里坏了两个,只剩下“天堂”闪得厉害。我定睛一看,原来这地方叫海洋天堂。

这景象让我既难堪又失望,于是收回眼,又望向别处,这一望吓我一跳,因为马尾女人竟然也在这里,她的马尾已经松开,乱糟糟一片,发尾混乱地卷在一起。经过她身边时,她突然伸出手抓住我,力道没控制好,我吃痛,又吓了一跳,推开她。她身体颤抖起来,显然惊慌失措,微微张着嘴,一副受伤之姿,看到我的脸后,她突然恢复了表情,皱起眉头,问:“怎么又是你?”

我摸了摸胳膊,说:“你怎么在这里?”

她看了一眼杜敏芯,说:“你们不进去吗?”

我也问她:“你不进去吗?外头不冷吗?”

她叹了一口气,说:“我在等人……”

杜敏芯突然说:“你别等了,回去吧。”

她含含糊糊说："我的人生就是一个笑话。"

"什么？"杜敏芯问。

"他说的，刚分手那个，他刚刚发短信说的。"马尾说。

"你别再多想了。"杜敏芯说。

马尾点点头，说："我不能再多说了，再见吧，祝你们以后一切顺利。"

我心想："由爱生恨，由恨生爱。"

正想着，四周的灯突然灭了，变成一个黑洞，我站在原地，还在思考，突然有人抓住我的手，我一惊，发现是杜敏芯。这时，远处手电筒的光圈晃了起来，移动着的光源，直到照到马尾的脑袋，有人扯着嗓子喊，停电啦，关门了，都走吧。

我以为还会发生点什么，但其实什么都没发生。

暗黑中，我察觉到马尾女人站了起来，身形与杜敏芯重合，她抬起手，擦了下眼睛，嘴里发出哽咽的声音。她突然说："你们真好，我真羡慕你们。"她顿了顿，我感到手里被塞了东西，我抬起手，是两个精致的丝质兜子，兜子的正面用金色的丝线镶着字，借着月光，看清是"心想事成"四个字，我看了一眼马尾，不明所以。她哀怨地看了我一眼，气若游丝地说道："这是我从无应寺求来的，没什么用了，送你们吧。"说完站了起来，飘飘悠悠走向路边，正巧一辆出租车经过，她拦了下来，拉开门，回头望了我一眼，上了车，不知去向。

这时候，突然来电了，海洋天堂又亮起来了。

杜敏芯抬头看了一眼，吸了一口气，朝售票口的方向喊道:“来电了,还开门不?”

售票厅里传来一个中年男人的声音,道:“关门了,明天再来吧。”

“不是十二点才关门吗?不让看鲨鱼了吗?”杜敏芯又喊道。

那中年男人不耐烦了,回道:“鲨鱼早死了。”

杜敏芯看了我一眼,哈哈大笑起来。

我心中却不是滋味,回过头,看到杜敏芯也正望着我,我突然能感受到我们之间的某种惺惺相惜之情。我愣了一会儿,想起手里的兜子,用手捏了捏,察觉里头塞着什么东西。于是我打开手电筒,解开兜子,里头塞着一张纸片,我取出来,长吸一口气,展开,那空荡荡的纸上,只有一行没有标点符号的句子,我的是:

或漂流巨海　波浪不能没

杜敏芯走上前,见我如此,也学着我,解开另一个兜子,取出纸条,打了开来,灯光照亮她的侧脸,我走近她身旁,见那张纸上写着:

或囚禁枷锁　释然得解脱

我们各怀心事，半晌都没迸出一句话，我又反复看了两遍纸上的内容，重新叠好，塞回口袋里。走了几步，我不知道该说什么，于是问："你是要回去了吗？"杜敏芯摇摇头，忽然羞涩起来，我从未见她如此扭捏过，脸上突然热了起来，也扭捏起来，我咽了下口水，低下头。

我突然控制不住，说："其实你那天走了以后，朱丽叶抛下罗密欧，飞了回来，罗密欧在外僵持了几天，死了……是自杀的。"杜敏芯咬着嘴唇，看得出有些难过，没说话。我接着说："彼此有所期待，才是真正的自由。"她听我这么 说， 愣，过了一会儿，表情才舒展开，她看了一眼天空中的月亮，深深吸了一口气，说："嗯，这世上的感情，真真假假，终究是有所期待。这天上的鸟，水里的鱼，世间万物，都是如此。"

"是，一个人，有时候感到太孤独了。"都到这个时候了，我不假思索，张口说道："我想做些什么。"杜敏芯低头笑了起来，我看得出她是真的开心了。我看准了，岔开话题，问："你后来为什么不写作了？"杜敏芯叹了一口气，说："我总想着反抗些什么，结果也的确奏效了……"

我心里一酸，静默了一阵，伸手拦了辆出租车。上车后，杜敏芯说去火车站，我不知道她为什么现在去火车站，也不敢问。那司机瞄了一眼我们，没应声，与耳机的另一端打情骂俏。我心情郁闷，盯着他看了几分钟，他觉得无趣，便挂了电话。好在夜晚快结束时，我们到了火车站，雾气愈发浓重起来，我下车走了几步，半路蹿出一只狗，那狗瘦得像一只猫，头上一撮毛高高地竖起，跑得极快，从草坪上飘过去，像一阵风，没跑几步，它突然停下，抬起乱糟糟的头，对着我嚎叫起来。

我默默地送她到检票口，她走上前，抱了抱我，说："谢谢你，让我还有希望。"

我听着难受，非常想告诉她，她还有我，我希望从此以后我们可以生活在相同的世界里，那里没她妈，也没我妈，没有任何多余的人，没有一切糟糕的感觉，没有罗密欧与朱丽叶。但我并没有说出口，我希望待在暗处，想这些不知道是否多余的念头。

我呆了呆，说："我看着你，你走吧。"杜敏芯在暗虚中说："不用，你走吧。"我再也想不出什么话，于是说："你走吧，我也走了。"说罢，转身便走，没走几步，停下来，又回过头，车站广袤，杜敏芯的背影正朝着检票台走去，我站了一会儿，下了决心，也买了一张票。

我迈开步子，跑了起来，到尽头，倏地停住，转了个身，钻进了站台。接下来的几分钟感觉就像是在做梦，我突然看到人影，在视线尽头，米黄色，是杜敏芯，她像一道光，不见了。我心里暗暗吃惊，又跑了几分钟，看到了停靠的火车，刚钻进车里，车门"咚"的一声关掉，我的衣服差点被夹住。我开始顺着车厢寻找杜敏芯。这个时间，火车里几乎空无一人。我找了几节，仍不见她。脚步缓了下来，心里难受，又有些惊恐，我拍了拍自己的脸，就怕这又是一场清晰的梦。

再过一会儿,太阳就要出来了。路过餐车时,背后突然有熟悉的声音响起,那声音听着模糊,像从遥远的地方传来,我甚至不确定是否有声音,那声音说道:“你真不得了,都找到这儿了。”我吃了一惊,急忙回过头,发现又是马尾女人,她正斜靠在角落的座椅上,手里搓揉着一枚鸡蛋,望向我,眼神犀利,像是食人花。没等我说话,她就点了点头,这个头点得让我非常不开心,她告诉我,我要找的人不在这儿。说完,抬手往我身后一戳,我张开嘴,不知道该说什么,她隐隐有些笑意,没说话。

我点了下头,回过身。

脚步刚迈开,便听到蛋壳在桌子上被挤压,发出破碎的声音。

我继续向前,心里猛地一下,抬起头,见杜敏芯正端坐在靠窗的椅子上,头发有些凌乱。我心跳厉害,站立了一小会儿,才鼓足勇气,叫了她一声。杜敏芯听到声音,转过头,非常吃惊,脸上随即绽放出笑容,那笑容恬静,淡雅,让我松懈下来。她往里面挪了挪,拍了拍座位,说:“你睡一会儿吧。”

火车驶入隧道,隧道隔绝车厢,声音在空气里膨胀。我的确感到困乏,于是坐下来,闭上眼。

不知过了多久,车厢轻微颠簸,我醒过来,睁开眼,抬头望向天空,车窗外视线透彻,月亮消失了,空气中只剩下薄薄一层雾气,这雾气在车厢四周聚拢,又迅速被撞开,翻腾而去。我看着杜敏芯,从未像此刻这般清醒。她长舒一口气,静静地坐在那里，无声无息，仿佛与车厢外的晨雾融为一体，她转过头，脸上散发出桃花般的红色光晕，嘴角重新露出了笑容。

片刻后，空气中弥漫出一层肉眼难以辨别的晨光，天空渐渐清晰，光线挤进车厢。这一切，夺人心神，我握住杜敏芯的手，如同沐浴在这窗外宁静撩人的夜风之中。

关于恋爱的事

前几天，我舅舅陆向阳过三十七岁生日，宴席期间，我母亲讲了一个故事。

这个故事的前半段，我早就知道了。

大概就是我三岁那年，某一天半夜突然发起高烧，折腾了一晚上也不见好转，碰巧那几日我父亲出差，母亲急得不行，便打电话给我舅舅，等他到了后，他问母亲最近都带我去过什么地方。母亲想了想，说，也没有去哪里，这几天唯一带着我去过的地方也就只有对门的郑老师家。

郑老师的丈夫前些日子因为癌症刚过世没多久，那天母亲抱着我从她家门口经过，郑老师突然打开门，露出半截手，手上捧着一个饭碗。她对我母亲招招手，看起来气色还不错。母亲站在原地没动，郑老师又招了招手，母亲仍旧没动。郑老师便走出门来抓她的手，母亲实在不好意思，只好被她牵着，僵硬地跨过门，向玄关的方向移动。进了家门，经过那个灰蒙蒙的布沙发时，才看到郑老师上小学四年级的女儿关关坐在地板上，倚在小茶几上。茶几上放着一个巴掌大的铝锅，里面的泡饭还冒着热气，小女孩也不吃，手里拿着一本成语字典，从容安静，看不出一丝悲伤的情绪。她看到我母亲，客客气气站起来，叫了一声阿姨，犹豫了几秒，问："人死了是不是就不痛苦了？"

我夹起一块鱼，塞进嘴里，又软又鲜，接着，我回道："这个问题不好回答。"

我母亲说："是啊，我在那里站了足足一分钟，不知道该怎么回答。"

我接着说："后来我就大哭，你带我回了家。"

母亲点了点头，同时看了眼身旁人，问："你还记得不？"

我也看向舅舅。

他愣了下，点点头，抬起头，说："我当晚跑去你家，当场给你妈出了个主意，让她凌晨的时候在张老师家门口烧点纸钱。"

我又夹了一块鱼，漫不经心地问："都这么晚了，去哪里买呢？"

母亲应和道："城西面有一家卖香烛纸钱的店，应该还开着门。"

"再后来呢？"我低着头，继续问。

舅舅说："我自告奋勇跑了出去。那时候和现在不同，一过晚上八点，路上就几乎没什么人了，就算是城里也是如此，有些地方连路灯都没有……出门前，你妈交给我一个手电筒，再三关照我要注意脚下的路。我拼命地跑，不知道跑了多久，在这期间左脚的拖鞋都因为用力过猛，断掉了。我干脆把另外一只拖鞋也脱了，塞进裤子口袋里。那天天很热，热得我都不知道该往哪里走了。”

我笑了笑，没说话，因为我知道，他非但清楚得很，还做了一个惊天大决定，那天晚上，他一路向东，独自跑到城东的火车站，买了一张票，走了。

我心里自有打算，于是步步紧逼。我喝了一口啤酒，点点头，问：“再后来呢？”

听到我的问题，我舅舅脸上挂起一丝尴尬的苦笑，他把头撇向一边，没有继续往下说，好像对这件陈年往事很不以为然。

这时，母亲突然站了起来，说：“我上个卫生间，顺便把账结了。”

我应了一声，视线仍旧盯着老陆。

其实关于这件事，我曾经陆续问过好几个人，我舅舅那天晚上究竟去了哪里？根据他们的记忆，大多埋藏着一些无关痛痒的琐事。比如我外婆说她那阵子因为工作繁忙，有一天上班的时候在巷子里看到我舅舅，他一个人坐在河边的石头围栏上，也不知道在想什么。后来那天晚上回家，又在巷了里看到他，只不过这一次他坐到了河对面的围栏上……还有我父亲，他说某一次与我舅喝完酒，已是夜深人静，他早已喝得酩酊大醉，父亲就这么东拉西扯地拉着他，一直送到家门前的巷口。我父亲说，老陆他走过自己的家门连头也不偏一下，继续往前走，走到巷尾了，再折返，才不甘不愿地钻进家门。正当我父亲要走的时候，他听到屋子里传出一声厚重的声音。我父亲实在不放心，也跟了进去，门没锁，他推开大门的时候，屋里一片漆黑，他摸黑走了几步，才看到舅舅他一个人坐在屋里，像是一尊石像一样。父亲打开灯，看到地上倒着一个长方形的闹钟，眼前的这一切莫名地虚幻，与之前我舅舅的形象截然不同，我父亲叫了他两声，他也没反应……

总之，他们的故事多半是一些微不足道，又耐人寻味的事件，这些支离破碎的故事经过时间长河的磨损后，变得残缺模糊。

但这些应当都与他有关，我的舅舅陆向阳，因为某些缘故，至今单身的故事。

在我的记忆中，陆向阳非常爱干净，他一天要洗两次澡，不仅如此，他的个性中还有一种腼腆的气质。这种腼腆不同于一般的腼腆。我曾听到隔壁邻居装作出门倒垃圾，堵住我的母亲，压低嗓门说，向阳三十岁了还不结婚是不是因为他“不喜欢”女人？我听到这话时，内心充满难堪，直到听到母亲说：“我弟弟谈恋爱，关你什么事。”我这才舒了一口气。

那阵子我正上小学，每逢周三，下午只有一节课。那个时期，想什么都别扭，做什么都无聊。碰巧我的舅舅陆向阳也是这样的人，那会儿他的家境还算殷实，也不上班，成天待在家中无所事事。我经常去找他玩。他家里有一个大鱼缸，养了一大群孔雀鱼。要说那些孔雀鱼，真的是神奇，它们真的就像孔雀一样，五彩斑斓，各自都有不同的颜色。看鱼的时候，老陆独自瘫倒在沙发上，会与我聊天，我有时候会给予回应，更多的时候像是他在自言自语。天气好的时候，他会朗诵普希金的诗，有一次，我心血来潮，问他那些自由和爱是什么。他想都没想，说，娜塔莎就象征着自由与爱。我又问他娜塔莎是谁，他笑了笑，从书架里抽出一本书，递给我，我看了一眼，叫《战争与和平》。

他拍了拍书封，有点得意，说："爱情这种东西，不知道最好。"

我手里拿着一块巧克力，不屑地笑了笑，说："你少给我来这一套，你不还是个处男？"

他微微晃了晃脑袋，说："哈哈哈，就你知道。"

我调侃他，说："外婆每天都求菩萨，估计百分之八十的事都是为你而求的。"

他顿了顿，问："什么事？"

我嘻嘻笑了起来，说："关于恋爱的事情。"

他听了以后，撇撇嘴，说："屁嘞，有屁个爱，都是浮云。"

我说："你现在这么说，你真要碰到还不是死去活来。"

陆向阳哼了一声，说："谢谢你的乌鸦嘴。"

我说："这是我作为男人的第六感。"

“好吧。男人。”他说。

“话说回来，外婆这么强求硬拜也是为你好。”我说。

陆向阳轻蔑地笑了下，说：“前阵子我还笑她，说她总是寄希望于这种虚无的事情。她不慌不忙，说不虚无的，现在只求我早日结婚。我便问她，菩萨说我什么时候结婚？”

我感到好奇，问：“菩萨怎么说啊？”

这时候家里电话突然响了起来。他拿起话筒，听了一下，又立刻挂掉了电话，朝我走来。

我问：“谁打来的？”

他说：“你外婆的朋友。”

我好奇：“什么朋友？”

老陆有点不耐烦，说：“介绍女孩的。”

我哦了一声，不说话了。

他看了我一眼，又走回电话旁，用身体遮住电话，假装拨了一个号码。

“喂——请问梁晓倩在不在？——我是她同班同学王涛的舅舅——不在啊——好，谢谢——”他回过头，忍着笑，说：“你喜欢的小姑娘今天不在家。”

“陆向阳，怪不得别人天天给你介绍对象。开心不死你。”我从床上跳了起来。

老陆不怀好意地笑了笑，说：“你知道你外婆怎么说的吗？”

“说什么了？”我立马安静下来，问他。

“她说，菩萨说马上了。我就又问她，马上是什么时候……她想都没想，说，明年。”

说完，老陆轻蔑地笑了笑，嘀咕了一句：“尽放狗屁。”

“哈哈哈。”我笑出来。

我想了想，又说：“没准给你介绍的就是真爱呢？”

他倒在沙发上，摆摆手，说：“该怎么和你解释呢？”他想了想，又说：“介绍的也交往过几个，就是不喜欢。”

我说：“不喜欢就是不爱，不爱和爱是贴在一起的，那至少还是有感情的，对不对？”

他咧开嘴，但是没有笑出来，他摸了摸我的头，说：“真要这样，那就简单啦。”

我随口问道：“那你幸福么？”问完这句话后，我立刻后悔了，我抬起头，假装看那幅高高挂起的照片。照片上的梦露，黑白半身，顶着模糊不清的大波浪，眼里透露着无尽的风韵。有那么几次，我躺在床上半睡半醒，看到她在天花板那头往下俯视。窗户密不透风，窗帘也拉得死死的。

他转过头，看了我一眼，说：“不……”

我哦了一声，眼光又回到梦露身上，仿佛卧室里真的藏了一个如鬼魅般的女人似的。

他皱起眉，眼角和颧骨上的细纹都往眉心挤去。

我撇着嘴，哦了一声，想随意糊弄过去。

他站起来，从电视机旁的柜子里抽出一张照片。照片中他站在麦田里，举着一杆枪，一侧的眼睛眯了起来，嘴角微微翘起，很虔诚的样子。这么多年过去了，他一点都没有变，我端详了一会儿，羡慕无比。

他说："我有一个朋友在公安局。"

"感觉怎么样？"

陆向阳抓了抓头，说："我也不知道怎么形容。"

我问："你怎么不知道？"

他叹了一口气，说："因为那枪里没有子弹。"

我有点失望，问他："没有子弹，那还打个屁？"

他笑了笑，说："有些事情发生了，你可以当作没有发生过，但是也有些事情，它明明没有发生过，你却觉得它刻骨铭心。"

我愣了一下，知道他话里带话，但我又没太明白，只好接着问："那你看到过子弹射出去的样子吗？"

他点点头，说："看到过。"

我这才来劲，说："那你跟我形容一下。"

他说："像打雷一样。"

"然后呢？"

"声音在天上炸了开来。"

"接着呢？"

"接着远处就打起了闪。"

"不可能。"我说。

他笑起来，有些得意，说："真的，这我倒是没有骗你，那天刚拍完这张照片，就刮起狂风，下起暴雨。"

这时，我听到窗外响起我父亲那辆老式摩托车的声音，我知道他糊弄我，心有不甘，站起来收拾了下，准备离开。

曾经有过几回，父亲来接我的时候，我躺在沙发上半睡半醒，听到陆向阳蹑手蹑脚地走去门口，轻轻扭开门把手。趁着等待我的时间，偷偷地在我书包里塞上几本漫画书，《七龙珠》什么的，也有时候是一些国外的小说，比如《哈尔罗杰历险记》，也会有国内的武侠小说，比如《天龙八部》《神雕侠侣》。

回到他失踪的那天晚上。

消息传开，次日下午，我母亲给我舅舅家打去了电话，我当时正坐在电话机旁做作业，电话过了好久才被接起，接电话的是我的外婆，我母亲问我舅舅回来没，外婆听了后不以为然，说没有。我母亲又问要不要报警，外婆说不需要，只要他没做伤天害理的事情，就没有关系，随他便。挂了电话后，母亲对我说："没事的，他年轻的时候也经常失踪，这次八成又是因为待在家里无聊，离家出走了。"

我很欣慰，不仅如此，当我听到离家出走几个字时，心里竟然觉得舒坦，很好。

大概一周以后，我收到一封来信，寄信人是陆向阳，收信人写的是我的名字。

我撕开白色的信封，里面是一张薄薄的纸，展开，上面写着：

侄：

现在是六点三十二分，天已经暗下来。我很好，你呢？

原谅我的不告而别，我已经到了北京，这里不同于南方，气候干燥、舒服。我在这里租了一间十几平的小房间，房间虽然小，但是却很空旷。我在这里见到了很多来自五湖四海的朋友，他们写诗、写小说，有一晚，我和他们坐在一起，聊天喝酒，所有人一个接一个站起来朗诵自己的诗歌，轮到我的时候，我被吓到了，甚至连站起来的勇气都没有，但是一个女孩鼓励了我，我想起那天给你讲起的故事，即兴作了一首诗，结束后，大家给我鼓掌，我很开心。这些是我这几天的经历，你替我转告你的母亲，我的姐姐，让她不要担心，再过几天，我们就会相见。

我得走了。

我看了几秒，没什么兴趣，把信纸随手夹进了手旁的《新华词典》里。

趁母亲走出包厢的空隙，我想了想，心里还是没有放弃，问老陆到底去吉林干了什么，这么多年过去了，为什么身边所有的人都闭口不提？

舅舅表情很平静，问："你还记得我那会儿给你寄去的第二封信吗？"

我点了点头，说："记得。"

他轻声凑到我身边，说："我跟一个……人去了吉林。"

我吓了一跳，说："啊？那我怎么从来不知道？"

他拍拍我，示意我别急，又笑了笑，说："她叫姚丽娜。"

"哦？"

"不仅如此，我还做了一个这辈子我都不敢做的决定。"

我被他说得一激动，连忙问："什么决定？"

他说："我提了亲。"

"跟她父母？"

陆向阳点了点头。

我咽了一口口水，看了一眼门口，母亲还没回来，便接着问："然后呢？"

他站了起来，摸起烟，走到窗边，开了窗，说："现在回想起来还是很难过，有些事情我也记不清楚了……回来以后……发生了一些不愉快的事情，最后也就断了联系。"

我问他："那你今天为什么就愿意告诉我了？"

"每个人都谈过恋爱，这也算不上是什么秘密。"他说。

我又想起陆向阳给我的第二封信，在第一封信后，过了十来天收到的。只是这次的收信地址是我的学校。

信里写道：

侄：

我本打算到了青岛就折返回来，但遇到了一个女人，我突然控制不了我自己的感情。

我们很投缘，现在已经到了吉林，这是我人生第一次长途旅行，路途遥远，我想起看过的一本书，关于巴夏预言，里面有一段讲到时间，说什么是时间？时间是一种幻象，存在于每一秒钟，我们的意识都穿越过亿万个平行的宇宙。所以说，时间是假象，意识也是假象，只有爱才是真相，只有爱才是完美无瑕的。

她叫姚丽娜。

我们在火车上吃了德州扒鸡，喝了青岛啤酒，完美的夜晚。

晚上回家吃饭的时候，我告诉母亲陆向阳的来信，母亲问我写了什么，我想了想，说他现在正出发去吉林，让我们不要担心。

我母亲问："去吉林干什么？"

我咽了口口水，说："寻找爱去了。"

我回过神，问陆向阳那次旅途中到底发生了什么。

他说："我在火车上遇到她的，她碰巧睡在我的对面，我也闲得无聊，便与她聊天。她很漂亮，小腿看上去很白，很软，像是天上的云朵……总之，我们聊得很投机，看得出她是一个天真、善良的人。我们相处虽短，但是美妙无比，她邀请我去她家玩，我想都没想，立马答应了。”

“你为什么要去?”我问。

“我去是为了搞清楚自己。”

包厢的门突然被打开，母亲走了进来，她看了我们俩一眼，又放下包，说:“我去上个卫生间。”然后又对老陆说:“你喝多了，我开车送你回去。”

说完又走了出去。

我急忙问他:“然后呢?”

“然后，然后姚丽娜他父亲正巧脚崴了。他们一家三口本来说好要去当地一个集市，之前我们在火车上就说好要一起去，说给我买一个小手鼓，结果这下她父亲去不了，我怕他父亲去不了，牵连大家都去不了，于是跑去镇子上买拐杖，哪怕中看不中用的那种也行。后来我在某条街上的医疗器械小店里买了个不好看的金属的，给她父亲送去。后来集市是去了，但他爸也没带我买的拐，小手鼓也泡汤了。”

我叹了一口气，表示同情。

“那后来你真的提亲了?”

他点点头:“那天从集市回来，脑子一热就提了。”

我没经过大脑，脱口而出:“那他们答应你的要求了吗?”

“我希望她就是我的意中人。可当他们一家子听了我的诉求后，一点也不感到惊奇，只是都不再说话，我就知道，我的希望落空了。”

他说到这里，眼眶有点红，我拍了拍他，但我知道这种安慰毫无意义。

我问："你什么感觉？"

他说："有点受伤，但是难忘。"

我说："往好处想，至少你还是留有一些美好的回忆。"

他点点头，说："这么多年了，我仍然记得那是一个无聊而又愉快的夜晚，我与她一直走啊走，从月亮出来，一直走到天空透明。北方的天气就是和南方不同，虽然没流汗，但我还是给她买了一根冰棍。她问我怎么不吃，我不好意思告诉她，除去回去的火车票钱，我已经没有一丁点儿钱了。她走了几步，突然转过身，回到小卖部，给我也买了一根，我心情激动，抱住她，没有吃……过了一会儿，我们又开始向前走，她给我说她工作的事情，说她单位下个月要举办国庆晚会，每间科室都要准备节目，她是新人，今年这任务就轮到她身上了。我就问她准备演什么，她想了想，说本来想演一出剧，可惜被领导毙了，原因是老领导看完了说她和另一个男同事在船头抱在一起那一段不太合适。我问她什么船头抱在一起，她看了我一眼，说《泰坦尼克号》啊，你不知道吗？就是杰克在船上抱着罗斯那一段。我点点头，说，我知道，是一部悲剧。她有点骄傲，说，对，是一部爱情悲剧，悲剧总是这样，让人备受折磨。我又点了点头，说爱情也是这样，总是让人备受折磨。姚丽娜听了一愣，没有回我，过了一会儿，她才说道：我大学是学校电影社团的。我接过话茬，问她：那你后来又换成了什么节目了？她歪了歪脑袋，便唱起来。”

我问：“哦，换成唱歌了。”

老陆望了一眼窗外，嘴唇动了动，眼神疲惫，他哼了一小句：

春去春会来，花谢花会开。

“为什么要唱这首，多悲伤啊。”我说。

他挤了挤眼睛，像是要哭了，说：“她声音很好听，唱完以后，对我说，不好意思哦，向阳，让你看笑话了，跟你在一起的时候我有点紧张，不然我可以唱得更好的。说完，她从衣服兜子里掏出了一个东西，说是给我的礼物。我在路灯下一看，是那时候特别流行的台式钟，比板砖小一圈，蓝色，说是那天在集市的时候，趁我不注意买的。”

我犹豫了一下，说：“她是对你有意思的。”

“我特别开心，但又有一丝沮丧，我觉得没来由的开心往往是悲剧的开始，就像你们年轻人总是说的那个什么？”

我说：“立 flag。”

他点点头，说：“对，就是那个。”

我笑了笑，没再接话。

陆向阳继续说：“我当时对她说，我们一个送拐，一个送钟，这么倒霉的东西注定了我们的结局。”

“她怎么说？”我问。

“她的音调升高了，似乎有些生气，她说，你有你的心意，我也有我的心意。你怎么能说心意是倒霉的呢？”

我说：“也是。”

陆向阳愣了一会儿，又说：“我也问过姚丽娜她喜欢我什么。”

“她怎么说的？”我问。

陆向阳回道：我本来只是想逗逗她，没想到她竟然一一列举：

第一，她在火车上看到我照顾邻座的老人，说明人品不错，然后我又看书，爱看书的人聪明，以后前途无量；

第二，在家里帮她父母做了不少家务，说明是个居家好男人，而且人长得高也挺帅；

第三，之前跟我去集市的时候，我给她在石凳子上铺了一条手帕，她觉得我很会照顾人；

第四，她看我很正直，对她也很尊重，应该是一个作风正派的人。

综上所述，她觉得我是一个靠谱的人，值得交往，就算只做朋友那也是非常不错的。

她一边说，一边从嘴里吹出一个好大的泡泡，吹到快没气的时候，啪地一下用手捏破它，然后重新塞回嘴里。

头一次有人这么认真地夸我，还是个女人。

我听了以后，笑了笑，说："可惜。"

"在我们散步的时候，她告诉我，她是喜欢我的，但是没有到能与我走的地步，这里是她的家，是她的全部。她还对我说了很多，我已经记不起来了，重要的是，我记得我那天痛苦的内心，它们像是夜空里的星星，像是无声的烟花，像是水里的月亮，它们都是那么静悄悄的，无所诉求，无所依靠，像是刻在你记忆里最美好的那一瞬间，让你一辈子都无法释怀。"

我叹了一口气。

"那你是怎么回去的？"我问。

他看着我，说："第二天的傍晚，我和她吃完晚饭，出来散步，走到巷口，在那样的暮色里，我的心里冒出一股未曾有过的感受，好像我突然长大了，明白了很多事情。看着巷口的红砖墙上开满了紫色的喇叭花，我突然怀念起老家院子里的晚饭花了，那花热闹地开在墙角边，暗暗的，像是一场没有声音的聚会。"

我点点头，没说话。

"她看着我，月光照在她的脸上，惨白而失落。"

他说这话的时候声音突然有些哽咽，我看得出他是真的难受了。

他双手靠在一起，闭上眼，说："而我，什么都做不了。"

"这就结束了？"

他摇摇头，说："谈不上是开始，也就算不上是结束。"

我拍拍他，说："我能理解。"

他说:“我以前觉得你外婆总寄希望于一些虚无缥缈的事情,现在想起来,我不也是如此么。”

我说:“你想明白了?”

“我们是不可调和的。”他声音低沉,像含了一口酒。

这时,我突然想起他给我的第三封信,因为里面有几个句子我在作文里来回用了不下五遍,所以记得很清楚,信的内容是这样的:

> 离别那天,她送我到火车站……抱着一大包蔬菜,都是她母亲送给我的……我透过窗户看着她……她也看着我,对我笑笑,过了一会儿,转身离开,步入出口的时候,火车还没启动,她背后的垃圾桶、椅子、卖东西的小摊贩都纹丝不动,光线从窗外弥漫进来,把所有东西都糅合在一起,我注视了很久,直到她模糊成一滴水珠,不留一丝痕迹。她也终于消失在地下通道的入口。

“那你们后来还有联系吗?”我问。

他点点头,说:“有的,我写信给她,让她记得给我回信。”

“那她回了吗?”

陆向阳看了一眼窗外,点点头,说:“你问得太多啦,又勾起了我的伤心事。”

我刚想说些什么,母亲突然推开包厢的门,示意我们离开。

其实我还有几个问题想问他，比如说，他们还在写情书吗？再详细一些，比如信里到底都写了什么？

把他送回家后，下车前，他好像对我点了点头。月亮突然被云遮住了，天空好暗，好静，我想起陆向阳与我一般年纪时候发生的故事，感同身受，这让我很郁闷。在回自家的路上，母亲突然卖关子，说："你发烧那天晚上，陆向阳离开我们家后，有一件事情他没有说。"我急忙问："什么事？"

"这也是我后来才知道的，那天他快要走到家门外那座桥的时候，远远看到有一个人影从桥上一跃而下，他立马跑到人影坠落的地方，他双手撑在栏杆上，往下四处寻找，但天实在太黑了，他什么都看不到，打开手电筒，找了一圈，仍然是一无所获。"

"那后来呢？"

母亲摇摇头，说："没有什么后来，因为水里根本就没有人。"

我吓了一跳，说："那岂不是见鬼了？"

母亲说："或许是，或许不是，但是对你舅舅而言，这就是一个征兆。"

"毁灭的征兆。"我嘀咕了一句。

母亲笑了笑，说："你这个乌鸦嘴说得很对，你舅舅回来不到两个礼拜，那个吉林的女人就追了过来，也不知道是不是你舅舅留了家庭地址，她很快就找到了我们家，但是你外婆当时已经给你舅舅找了一门亲事，门当户对。那女人在这里待了两天就走了，走之前，她拿了一面小手鼓给我，说是送给你舅舅的礼物，我心里过意不去，偷偷要了她的联系方式……她走的当天晚上，你舅舅半夜的时候一个人跑来我们家，那天天气很好，他站在门口，湿漉漉的。”

“发生了什么？”我问。

“他对我说，他突然想起那晚上从桥上跳下的人影，心里这么想着，人便也从桥上跳了下去。”

“啊？他为什么要这么做？”

“可能是因为你嘴里那个毁灭的征兆。”

我叹了一口气，想起那个消失的人影，同时为我自己的乌鸦嘴而感到震惊。

车继续开着，大约又开过两个红绿灯的时候，母亲突然又张嘴说：“他们认识的时候，姚丽娜刚离婚没多久，比你舅舅大了将近八岁，没有人会同意这门亲事的。他的这段感情来得快，去得快，但是谁都没想到会让他如此耿耿于怀。”

“他是个专情的人。”我说。

“这世界上有很多看似美好的东西，它们都通常隐藏在‘我以为’中，就像他离开家，我以为是一个好的开始，又比如，他找到了喜欢的女人，互生情愫，我以为这又是一个好的开始……但是这世界上哪有这么多好的开始，大部分都只是镜花水月。”

一周以后，周末的时候，我正在打扫家里。这时响起了门铃声，会是谁呢？我打开门，看到陆向阳站在家门口。他手里拎着一个行李箱，他气喘吁吁，有点腼腆地告知我，他打算离开这个城市，换一个环境。说完还对我笑了笑。我急忙问他去哪里，他动了动嘴唇，看得出想说点什么，但又没法一下子说出口。

“我走了。”他说。

我看着他的背影，又开始胡思乱想了，心想，他到底要去哪里呢？是不是又要去找某个姑娘了？